青少年
趣味故事馆

（插图收藏本）

遍览中外神奇风景

山水·名城·古迹

司马榆林◎编著

河南文艺出版社

图书在版编目（CIP）数据

山水·名城·古迹:遍览中外神奇风景/司马榆林
编著. —郑州:河南文艺出版社,2013.12(2016.7 重印)
（青少年趣味故事馆）
ISBN 978-7-80765-905-1

Ⅰ.①山… Ⅱ.①司… Ⅲ.①故事-作品集-中国
-当代 Ⅳ.①I247.8

中国版本图书馆 CIP 数据核字(2014)第 000502 号

出版发行 河南文艺出版社
本社地址 郑州市鑫苑路 18 号 11 栋
邮政编码 450011
售书热线 0371-65379196
承印单位 河南日报报业集团有限公司彩印厂
经销单位 新华书店
纸张规格 700 毫米×1000 毫米 1/16
印 张 9.75
字 数 110 000
版 次 2013 年 12 月第 1 版
印 次 2016 年 7 月第 2 次印刷
定 价 18.00 元

目　录

第一章　奇山异水

老君犁沟与太上老君/1

北岳恒山/3

石钟山/8

五台山/11

九华山/14

峨眉山/18

武当山/24

道教重镇崆峒山/28

天下第一幽——青城山/31

王屋山/34

庐山与仙人洞/40

莫干山与干将、莫邪/43

香山/46

苍山的故事/48

万寿山与慈禧/50

黟山/54

巫山/56

四姑娘山/58

金山和焦山/61

兴安岭与小班达/63

梵净山/66

玉龙山/69

双女峰/71

天柱峰/73

立鱼峰/76

雁荡山夫妻峰/79

得马河的故事/82

洛河的故事/83

黑龙江的来历/85

牡丹江的故事/89

镜泊湖的传说/91

黄浦江、吴淞江的故事/94

西湖的故事/97

泸沽湖的故事/100

张家界的故事/102

雁门关的传说/105

吴山第一泉的故事/108

舒姑潭的故事/110

海天一色：崂山/113

第二章　历史名城

北京城的故事/117

桂林城的传说/121

五羊城的传说/124

皇姑屯的传说/127

旅顺口的故事/130

第三章　文化古迹

龙门石窟的故事/137

东方雕塑馆——麦积山石窟的故事/140

岳阳楼的故事/143

什刹海的故事/146

第一章　奇山异水

老君犁沟与太上老君

　　相传在很久很久以前，华山的北峰下是一面非常光滑的大斜坡，人根本走不上去。华山脚下有个大财主，臭名远扬。他非常贪心和狠毒，给他家做过活的佃户和长工都骂他是不管人死活、坑害人的"活阎王"。有一年，天气非常干旱，田地里颗粒无收，财主害怕佃户们交不起租，就借口说要修筑华山北峰的路。于是他强迫那些交不起租的佃户修路不说，还从村里的百姓手中骗来很多银钱。这下财主乐得合不拢嘴了，他私自留下了大部分的钱，只拿出一小部分用来修路。

　　但是华山北峰的大斜坡实在是太险了，想在那儿修路谈何容易呢，受点伤不说，很多人从悬崖上掉下去就摔死了。佃户们都不想再干下去，埋怨财主心太狠，但是又无钱交租，只得硬着头皮做下去。日子一长，这事就被此地的土地公公知道了，上报了玉帝。玉帝听说此事，即刻派太上老君下到凡间，一查究竟。

　　这天太上老君手拿如意扇，骑着青牛来到华山的北峰下，他抬头一看，果然很多人趴在那险坡上修路，一不小心必定会掉到山谷中丧命。于是他就冲着人们喊道："你们下来吧，让我这青牛犁出一条路来。"佃户们一看是个年老的人，都让老人快点走开，以免山上的碎石掉下来砸到他。太上老君见大家不相信他，就摇起手中的如意扇，顿时一阵大风刮过，那扇子即刻变成了一张铁犁。只见老人挥了一下手，霎时云雾缭绕，电闪雷鸣，地动山摇。佃户们哪见过此等场景，吓得纷纷躲到了大石后边。于是太上老君让青牛拉上犁，爬上了陡峭艰险的大石坡。不一会儿的工夫，大石坡上就出现了一道深深的犁沟。

哪知此时有个道士正在北峰石洞中修炼，他见顿时天色大变，就急忙跑出洞去察看，只见一个须发皆白的老人站在山脚下，而斜坡上一头大青牛正拉着犁开道。青牛就这样一直拉着犁

走，直到群仙观才卧下休息。谁知青牛太累了，它刚卧下去就变成了一块大石头。道士见此情景，恍然大悟，猜到那骑着青牛的白发老人一定是天神太上老君了。再一看那大险坡上，一条新开的犁沟出现在眼前，高兴得不知如何是好。

等到云开雾散，太上老君已不知去向，佃户们纷纷从大石后面走出来，看到北峰上那条深深的犁沟，高兴得拍手叫好。很多人跪下来一个劲儿地磕头，感谢天上的神仙帮助他们脱离苦海。再后来，他们听山里的道士说，是天神太上老君帮助他们开的道路，就在群仙观凿了个洞，放上太上老君的神像，逢年过节便去跪拜。而那大斜坡上的犁沟，就被人们称为"老君犁沟"了。

现在，人们游华山经过老君犁沟时，还可以看到大险坡上的条条沟痕。而那青牛变成的大石，如今也可以在群仙观看到。

北岳恒山

恒山位于山西省大同。恒山又名玄岳，集"雄、奇、幽、奥"特色为一体，素以"奇"而著称，在五岳中有"泰山如坐、华山如立、衡山如飞、嵩山如卧"之说，而"恒山如行"，素有"人天北柱""绝塞名山""道教第五洞天"之美誉。

早在4000多年前，舜帝北巡时，遥望恒山奇峰耸立，山势巍峨，遂叩封为北岳，为北国万山之宗主。之后，汉武帝首封恒山为神，唐玄宗、宋真宗封北岳火王为帝，明太祖又尊北岳为神。恒山山脉祖于阴山，横跨塞外，东连太行，西跨雁门，南障三晋，北瞰云代，东西绵延500里，号称108峰。倒马关、紫荆关、平型关、雁门关、宁武关虎踞为险，是塞外高原通向冀中平原之咽喉要冲，自古是兵家必争之地。

悬空寺

恒山最奇的景致就是悬空寺。"谁凿高山石，凌虚构梵宫。蜃楼疑海上，鸟道没云中。"

悬空寺就建造于金龙峡西侧翠屏峰的悬崖峭壁间，它上载危崖，下临深谷，半悬于山崖之中，奇险无比，当地民谣描写道："悬空寺，半天高，三根马尾空中吊。"

悬空寺全寺为木质框架式结构，依照力学原理，半插横梁为基，巧借岩石暗托，梁柱上下一体，廊栏左右紧连。殿楼的分布都对称中有变化，分散中有联络，曲折回环，虚实相生，小巧玲珑，空间丰富，层次多变，小中见大。

从悬空寺庙门进入，爬石梯，钻洞窟，穿回廊，过栈道，几经曲折，方可到达寺院的最高层。从这里扶栏仰望，只见翠岩当地，似欲飞坠而下；俯道下视，只见云飘雾漫，渊深流急，再看身旁只有几十根木支撑的楼阁，不禁胆战心惊。行走在这空中楼阁之中，心中不禁感叹古人超常的想象与大胆的建筑魄力。正如明代吴礼嘉《题悬空寺》诗中所写：飞阁丹霞上，白云几度封。萝悬千洞月，风落半空钟。树杪流清梵，檐前宿老龙。慧光千万丈，日夕满恒宗。

果老岭

果老岭由一块一块的青石连接而成，好似人工铺设一般。在一块很大的青石上有许多自然形成的小石坑，酷似人的脚印和毛驴的蹄印。相传张果老曾经倒骑着一头小毛驴从恒山上天。

八仙过海，各显神通，八仙传说家喻户晓，八仙之一的张果老因倒骑毛驴成为他的形象特征。据说，有一天，当他骑着毛驴

走到此岭时，因坡陡路滑而无法前进。张果老虽为仙人，也无计可施，只得仰天长叹一声，下来手牵毛驴步行而过。这斑斑石坑，据说就是当年张果老拉着驴子爬坡的痕迹。果老岭名字大概就由此而来。

关于果老岭，有这样一首诗：一岭迢迢古树多，仙人览胜此经过。秋苹春草年年发，不见重来奈若何。

至于张果老后来有没有再来过，无人能知，但他留下的传说却为恒山增添了雅致。

舍身崖

在果老岭的东侧，有一座万仞险峰面西而立，直插云端，这就是恒山的一处胜景——"舍身崖"。关于"舍身崖"，还流传着一个悲壮动人的故事。

相传古代浑源城里有一个美丽的少女。一年夏天，少女和嫂子一起上恒山为母亲采药。二人走进密林深处，不想却撞见一只恶狼。那恶狼张开血盆大口，朝她们扑过来。就在这危急时刻，一个年轻人赶来，解救了她们。姑嫂二人对年轻人感激不已。言谈之中得知这个青年是在恒山修庙的画匠。少女见他容貌英俊，言谈举止又十分稳重干练，不由产生了爱慕之情。嫂嫂看出了小姑的心思，就为小姑说亲，于是小姑与画匠定了终身。

可是谁料想，浑源县县太爷家的少爷见少女美貌出众，便要娶她为妾。少女哪里肯从，可是少女的父亲是个嫌贫爱富之人，贪图县太爷家的钱财，逼迫少女嫁与县太爷的儿子。少女无法接受，便连夜逃离家门，上恒山去寻找画匠。贤惠的嫂嫂怕小姑发生意外，便跟随上山，暗中保护小姑。不幸的是，少女跑遍了恒山的山山岭岭，也不见画匠的身影。这时，知县的儿子又率领家丁追来。眼看着如狼似虎的家丁步步逼近，少女把心一横，就从这万仞峰顶跳了下去。嫂嫂赶到崖顶，不见小姑踪影，四处寻找，不料一失足也跌入崖下。

姑嫂二人的事迹感动了北岳山神。北岳山神施展神法，使少女化为百灵鸟，嫂嫂化为找姑鸟，二鸟形影不离，飞绕此山，凄凉的叫声不绝于耳。"舍身崖"便由此得名。

飞石窟

舍身崖北面是飞石窟，相传帝舜北巡至恒山，正准备登山设祭，恰遇大雪纷飞，无法登山。于是，帝舜就在山下遥祭。突然，一块巨石飞坠帝舜跟前。据说那块巨石就是从这里飞出去的，而这石窟就是巨石飞出后留下的印迹，因此命名为"飞石

窟"。

飞石窟内南侧，伫立着一座二层小亭，绿瓦红柱，名为"梳妆台"。传说每天清晨，掌管土地的女神后土夫人披着薄雾轻云走进梳妆台，开始晨妆；傍晚，又用从"石脂图"采来的朱色石卵研制的胭脂，在这里进行晚妆。

从飞石窟往东，是一条山花盛开的深谷，叫紫芝峪。传说紫芝峪下埋藏着一只聚宝盆，上面长满了郁郁葱葱的青草，一个牧羊少年每天来割草，怎么割也割不完。这件事后来被一个贪心的老道知道，就想把这聚宝盆挖出来据为己有。牧羊少年与老道争抢时，不慎失手将聚宝盆摔得粉碎。从此，恒山遍地奇花异草，成了百药荟萃的聚宝盆。

石钟山

　　蟠桃园里的仙桃成熟了，王母娘娘选定了五月初五这一天，决定办一次蟠桃会，好好地宴请一下众神仙。她吩咐手下的众仙女，在桌上摆好琉璃盏，美酒倒进碧玉杯，墙上挂起红玛瑙，几上置着紫珊瑚，四面金鼓两边立，七彩织锦铺正中，真正是金碧辉煌，美不胜收。

　　准备好了以后，王母娘娘先请来了玉帝，让他参观一下，看看满意不满意。玉帝来了一看，高兴得合不拢嘴，他这边看看，那边瞧瞧，觉得哪儿都好，可就是好像缺点什么似的。他想着想着，就说道："一切都布置得很好，如果能在一进门的地方再挂上两口紫玉钟，那就更完美了。"

王母娘娘听了，点点头，说："的确如此，可是蟠桃会的时间已经快到了，上哪儿去找紫玉钟呢？"玉帝笑笑，说："你不必着急，我让二郎神马上到凡间去，搜寻美玉，加紧造好了，给你送来就是。"

二郎神领了旨意，驾起祥云，在空中慢慢地飞着，一边飞，一边寻找美玉。飞到九华山上空的时候，二郎神忽然看到山头上飘着一团紫气。他连忙飞到近前，仔细一看，山顶上竟有一对高四五十丈的紫玉，通体透亮，晶莹璀璨，美不胜收。二郎神高兴极了，他立刻从附近找来几十个能工巧匠，连夜赶工，花了九九八十一天，终于把两块美玉雕成了两口漂亮的紫玉钟。紫玉钟浑身晶莹剔透，闪烁着淡紫色的光芒，钟身上还雕刻着各式各样奇异的花纹，漂亮极了。二郎神大喜，真想立刻就把这两口玉钟搬回天上去。可是他用尽了力气，竟没能把两口钟搬动一丝一毫。二郎神试了半天，怎么也搬不动，最后没有办法，只好回到天庭，向玉帝报告去了。

玉帝听了，说："二郎神，你是天上有名的大力士，连你都搬不动，还有谁能把它们搬上来呢？"

这时，太白金星站出来，说道："陛下，凡间说不定有大力士，不如让二郎神君再去寻访一下，如何？"

玉帝听了，点了点头，命二郎神即刻下界，去找能搬动玉钟的大力士去了。

二郎神找了很多地方，都没有找到能搬得动玉钟的人。一天，他在峨眉山上空飞行的时候，偶然向下一看，忽然看见在山间的小路上，有一个身高九尺、面色红润的大汉，用大树作扁担，挑着两口大水缸，正在山路上健步如飞。二郎神见了，心想，这人不就是我要找的大力士吗？他这样想着，连忙降下云头，变成一个普通道人，走到大汉面前，现出真身，将自己的来意对大力士说了一遍，邀请他去凌霄宝殿走一遭。

这位力士姓高，人们都叫他高力士。高力士听了，想了想，就答应了。他跟着二郎神穿过南天门，走进凌霄殿，参见了玉帝。玉帝见了，说："这位力士，听说你力大无穷，你能否去九华山，在五月初四夜之前，将两口玉钟搬到这里来呢？"

高力士迟疑了一下，说道："陛下，这么远的路程，五月初四之前，恐怕是赶不回来。九华山离这里有四万八千里路，我至少要走八十一天，还要日夜兼程，才能赶到。但黑夜里又不能赶路，所以恐怕赶不回来。"

玉帝想了想，笑着说："这不难，我叫嫦娥夜夜为你用月亮照路，不就可以赶回了吗？"

高力士听了，拜谢玉帝，然后跟着二郎神到九华山去搬钟去了。

到了九华山，高力士见两口玉钟太大，他环起手臂，只能抱一只，另一只怎么办呢？忽然，他看见旁边有一棵高十来丈左右、又粗又大的椿树，他走过去，用力一拔，就把椿树连根拔了起来。他把树干的两端插进钟的挂环里，用力一抬，就把两口玉钟挑了起来。

高力士挑着两口玉钟，日夜不停地赶路，生怕误了五月初四午夜的期限。他披星戴月、日夜兼程，到了五月初四，高力士心中一算，只差半天，就可以赶到了。他不知不觉地就放慢了脚步，边走边盘算玉帝会给他什么奖赏。走到鄱阳湖上空的时候，天擦黑，嫦娥来到他的上空，捧出圆月来，为他照明。高力士低头一看，只见湖水清澈透亮，波光粼粼，岸边苍松翠柏，郁郁葱葱。古塔耸立，花木飘香。正看得眼花缭乱之际，他忽然发现前面有一位美貌的仙子，脚踏祥云，从他面前飞过。玉手纤纤，轻摇小扇，杏黄绸带，在晚风中飘扬。高力士目不转睛地看着仙子，不觉出了神，忽然，他脚下一滑，一脚踏空，担子一斜，两口玉钟瞬间就滑了下去。只听一声巨响，两口玉钟不偏不倚地落在了鄱阳湖的湖口，变成了一南一北两座精巧玲珑的石山。

高力士见自己犯下大错，吓得浑身发抖。二郎神把他抓到玉帝面前，玉帝眼看已经无可奈何，只得罚他在玉钟旁边，永远看守。他命令夸娥氏从太行背来了一座小山，把高力士压在下面，让他在石钟山旁边看守。

从此，鄱阳湖上就多了一南一北两座石钟山，在石钟山的后面，还有一座小山，传说高力士就被压在下面，永远看守着石钟山。

五台山

五台山因有五座山峰耸立于苍天白云之间，峰顶宽阔平坦，形如垒土之台而得名。

五台山雄壮瑰丽，同时又幽静古朴，所以有人形容："山中景趣君休问，谷口泉声已可人。"五台山的自然风光集中在五个台，东台望海峰以观日出望大海闻名；南台锦绣峰以鸟语花香著称；西台挂月峰则以见月似银盘徜徉在岩壁间而神奇；北台叶斗峰除可观星宿方位外，还以"风云雷电，出自半麓"而令人惊叹；中台翠岩峰乃四台山脉之源，石岩奇丽，碧翠生辉，景色非凡。五座台顶之内，地势开阔，涧泉清流，常年不息。其间山峦起伏、溪流环绕，寺庙建筑穿插其中，楼台佛阁散布其间，一派佛国景色。

　　五台山成为佛教名山与李唐王朝的倾力扶持有极大的关系，从李渊开始，到唐太宗李世民，再到女皇武则天，历代都视五台山为"祖宗植德之所"，大力兴建寺庙，增派僧人，由此，五台山渐渐成为佛教圣地。

　　五台山的五个台内分布着众多寺院，其中显通寺建在台怀镇的灵鹫峰下，是五台山历史最悠久的佛寺，历经几代的不断扩建，面积达8万平方米，各种建筑400余间。

塔院寺

原是显通寺的塔院，明代重修舍利塔时独立为寺，寺内以舍利塔为主，舍利塔是一座藏式白塔，故又名大白塔。我国共有珍藏释迦牟尼舍利子的铁塔19座，五台山的一座慈寿塔就藏在大白塔内。此塔居于台怀诸寺之前，高大醒目，一向被看作是五台山的标志。

菩萨顶

在显通寺北侧的灵鹫峰上，传说文殊就住在菩萨顶，所以也叫真容院，又称大文殊寺，它创建于北魏，历代重修。明代永乐年间，喇嘛教黄教创始人宗喀巴的大弟子到五台山传法，这是黄教传入五台山的开始。永乐以后，蒙藏教徒进驻五台山，大喇嘛住在菩萨顶，这里就成为黄庙之首。

殊像寺

殊像寺因供奉文殊菩萨而得此名，此寺始建于唐，元重建，后毁于大火，明成化年间再建，其中佛龛的背面塑有三世像，即药师、释迦、弥陀三佛。三尊佛居于文殊背面的倒座上，与一般寺院的惯例不同，也算是该寺的一大特色。

罗喉寺

罗喉寺为唐代所建，明弘治年间重修。罗喉寺有一大奇观，即后殿中心有一座木制圆形佛坛，坛上周围雕有波涛和十八罗汉渡江，当中荷蒂上有木制大型花瓣，内雕方形佛龛，四方佛分坐在佛龛中，莲台设有中轴和轮盘，操纵机关时莲台旋转，莲花一开一合，四方佛时隐时现，这叫作"花开见佛"。

五台山除以上寺庙外，还有金阁寺和碧山寺等，碧山寺是五台山最大的十方禅寺。

五台山不仅在过去名声远播，现在仍是海内外佛教信众心中向往的圣地。

九华山

"众生度尽方证菩提，地狱未空誓不成佛"，这就是地藏王菩萨的大愿，而九华山作为地藏王菩萨的道场成为善男信女礼拜朝圣的圣地。

九华山开辟为大愿地藏王菩萨道场，成为一千多年来僧侣及大众的朝圣地，缘起于新罗国僧人"金地藏"的修道故事。

新罗国（位于朝鲜半岛南端）王子金乔觉（696—794），24岁时出家为僧，于唐玄宗开元年间来华求法，当他登上九华山时，为九华山的幽静清凉所吸引，决定留在此地修行。当时九华山属于青阳县闵员外的属地，金乔觉就向闵员外请求给予一块修行之地。闵员外问，要多大够用？金乔觉答，只一袈裟大小足矣。闵员外想这还不容易，就慷慨应允。孰料，只见金乔觉袈裟轻轻一抖后，竟遍覆九座山峰。闵员外又惊又喜，想这非同凡人，必是菩萨化现，便诚心诚意地把整座山献给了"菩萨"，并发心护持，修建庙宇。此后，金乔觉在九华山广弘佛法，威名远扬，许多善男信女慕名前来礼拜供养。连新罗国僧众闻说后，也相率渡海来华随侍。闵员外更是大力护持，不仅让其子拜高僧为师，自己也欣然皈依，精进修行。至今九华山圣殿中地藏像左右的随侍者，即为闵氏父子。

金乔觉驻锡九华，苦心修炼数十载，于唐贞元十年（794年）跏趺示寂，时年99岁。其肉身置函中经三年，仍颜色如生。根据金乔觉的行持及众多迹象，僧众认定他即地藏王菩萨化身，遂建石塔将肉身供奉其中，并尊称他为"金地藏"菩萨。九华山遂成为地藏王菩萨道场，由此声名远播，誉满华夏乃至全球，逐渐形成与五台山文殊、峨眉山普贤、普陀山观音并称的四大佛教圣地。

真身宝殿

九华山有三座肉身殿，分别在神光岭、百岁宫、双溪寺。神光岭肉身殿是安置金地藏肉身的地方，亦称肉身宝殿、真身宝殿。

真身宝殿是典型的宫殿建筑，殿高 20 米，殿门朝南，红墙森严，巍峨雄壮。从南面入殿须攀登 81 级台阶。站在台阶之下，举目仰望，可见南门厅上两块匾额，上额书"肉身宝殿"，下额书"东南第一山"。由北门入殿须攀登 99 级石级。塔东侧有明刻石碑《地藏圣迹碑记》，为明万历年间刘光复撰写。

真身宝殿四周回廊有石柱 20 根，南北檐下石柱上均刻有楹联。北边为："誓度群生离苦趣，愿放慈光转法轮。"南边两副为："心同佛定香火直，目极天高海月升。""福被人物无穷尽，慧同日月常瞻依。"两副对联的首字连读是"心目福慧"，表示"心中目前"不离地藏，终能修到"福慧"圆满。

此殿庄严雄伟，殿内供有骑着独角灵兽"谛听"的金地藏王菩萨真身。游人可在这里看到头戴僧帽、身披红色袈裟、端坐莲台之上的肉身菩萨。其弟子闵氏父子侍立宝塔左右。塔的每层八面皆有佛龛，每龛均供奉地藏金色坐像，共大小不等 56 尊，塑造于清光绪十二年（1886 年）。木塔外有汉白玉神台，上列十殿阎罗立像，双手捧圭，朝奉着"幽冥教主"——地藏王菩萨。塔前悬着镂空八角琉璃灯，终年不分昼夜灯火长明。

化城古寺

化城一词源于《妙法莲华经》中的化城之意。化城古寺为九华山开山祖寺，依山而建，前后四进，随地势逐级升高，古朴庄严，气宇轩昂。《九华山志》记载：唐至德二年（757 年）青阳人诸葛节等建寺，请金地藏居住、修行。唐建中二年（781 年）辟为地藏道场，皇帝赐额"化城寺"。明宣宗、神宗，清康熙、乾隆帝，均亲书匾额并赐金修葺。寺多次毁于兵火，现除藏经楼为明代建筑外，其余均为清代建筑。寺内藏有经藏古籍、明代谕旨等珍贵文物。

摩空梵宫

摩空梵宫又名百岁宫、万年禅寺。按百岁宫前石碑记载：明万历年间，河北宛平僧海玉，号无瑕禅师，由五台山至九华山，在摩空岭结茅而居，名摘星庵，长年以野果为生，寿一百余岁，诵偈而逝。逝前嘱咐弟子三年后启缸。如期开视时，见其颜色与生时无异，时人尊称为"百岁公"，并建宫以志纪念。明崇祯帝敕封"应身菩萨"，御题"护国万年寺，钦赐百岁宫"。宫中尚存血经一卷。

九华山不仅以佛教人文景观著称，也以山灵水秀、奇峰怪石、飞瀑流泉、鸟语钟鸣而成为人们心中向往的清凉之地。

九华山溪水泉池众多，有龙溪、缥溪、舒溪、曹溪、濂溪、澜溪、九子溪等，喷雪吐玉，极为壮观，断崖飞帘，如卷雪浪。

九华山山峰高耸，十王峰为最高，海拔1342米，其次七贤峰海拔1337米、天台峰海拔1306米。另有30多座海拔1000米以上的山峰。九华山峰多峭壁怪石，天台峰西有"大鹏听经石"，传说一大鹏因听地藏王菩萨诵经而感化成石。

观音峰上观音石，酷似观音菩萨凌风欲行。十王峰西有"木鱼石"，钵盂峰有"石佛"，中莲花峰有"罗汉晒肚皮"，南蜡烛峰有"猴子拜观音"等，惟妙惟肖，越看越奇，耐人寻味。

九华山还有诸多幽深岩洞，如地藏洞、道僧洞、华严洞、长生洞、堆云洞、飞龙洞、老虎洞、狮子洞等，均为古代僧人禅修闭关之室。地藏洞是金地藏初到九华山时的居住、禅修之所。

九华山风景秀丽之处，旧方志载有九华十景：天台晓日、化城晚钟、东崖晏坐、天柱仙踪、桃岩瀑布、莲峰云海、平岗积雪、舒潭印月、九子泉声、五溪山色。此外，还有龙池飞瀑、闵园竹海、甘露灵秀、摩空梵宫、花台锦簇、狮子峰林、青沟探幽、鱼龙洞府、凤凰古松等名胜。

峨眉山

峨眉山为普贤菩萨道场，是我国四大佛教圣地之一。

据佛经记载，普贤与文殊同为释迦牟尼佛的两大协侍，文殊表"智"，普贤表"德"。普贤菩萨广修十种愿行，又称"十大愿王"，因此赢得"大行普贤"的尊号。普贤菩萨坐骑为六牙白象，作为愿行广大、功德圆满的象征。

相传佛教于公元 1 世纪传入峨眉山，当时山上已有道教宫观。峨眉山被尊为普贤菩萨道场后，全山由道改佛。东晋时期，高僧慧持、明果禅师等先后到峨眉山住锡修持。唐、宋时期，两教并存，寺庙宫观得到很大发展。明代之际，道教衰微，佛教日盛，僧侣一度曾达 1700 余人，全山有大小寺院近百座，至清末寺庙达到 150 余座。

峨眉山有报国寺、伏虎寺、清音阁、洪椿坪、仙峰寺、洗象池、金顶华藏寺、万年寺八大寺庙。尼众修行的寺院有伏虎寺、雷音寺、善觉寺、纯阳殿、神水阁。在万年寺有一尊铜铸"普贤骑象"，重达 62 吨，高 7.85 米，为宋朝时铸造，已有上千年历史，堪称山中一绝，为国家一级保护文物。另外还有阿弥陀佛铜像、三身佛铜像，报国寺内的脱纱七佛等，均为珍贵的佛教造像，此外古贝叶经、华严铜塔、圣积晚钟、金顶铜碑、普贤金印，均为珍贵的佛教文物。

峨眉山层峦叠嶂、气象万千，风景殊异，素有"一山有四

季，十里不同天"之说。清代诗人谭钟岳将峨眉山佳景概括为十种：

"金顶祥光""象池月夜""九老仙府""洪椿晓雨""白水秋风""双桥清音""大坪霁雪""灵岩叠翠""罗峰晴云""圣积晚钟"。

金顶祥光

佛光、云海、神灯，是峨眉金顶的三大自然奇观。在金顶的睹光台上眺望，可见阳光透过厚厚的云层，形成明亮艳丽的七彩光环，通常称之为"佛光"，据说如影入佛光可获吉祥，故名金顶祥光。

云海是峨眉金顶的另一奇观。每当晴空万里、风平云静时，深谷雾起，使得峨眉顶部诸峰在茫茫云海中，人们仿若置身于蓬莱仙境。遇风起，云海便如波涛般汹涌翻腾，亦如万马奔腾般气势磅礴，壮观之极。

神灯是峨眉金顶的又一大奇观。月黑风清之夜，岩下幽谷中有时可以看到神秘的圣灯忽隐忽现，更为峨眉金顶增添了神秘的气氛。

圣积晚钟

圣积寺为入山第一大寺，环境清幽。在圣积寺有一口大铜钟甚为珍贵，所以又名圣积铜钟。此钟铸于明代嘉靖年间，由别传禅师募化、建造，此钟铜质坚固，重达 12500 公斤，相传为四川省最大的一口铜钟。《峨眉山》记载："其钟每于废历（即夏历）晦望二日之夕敲击，每一击，声可历一分零五十秒。近闻之，声洪壮；远闻之，声韵澈；传夜静时可声闻金顶。"

罗峰晴云

罗峰是伏虎山下的一座小山峦，因草丰竹秀、涧谷环流、古楠耸翠、曲径通幽而成为峨眉一景。

罗峰山峦上数百株古松苍劲挺拔、千姿百态，是峨眉山上少见的松树聚生地。山风吹过，阵阵松涛在山谷间回荡。雨后初晴时，更有烟云从涧谷袅袅升起，或从蓝空缓缓飘过，从松林中望上去，轻盈婀娜，变化莫测，真有"云从石上起，泉从石下落"的感觉。

罗峰庵是一座幽静的小庙，掩映于翠竹之间，颇有绝尘脱俗之势，在庵内有门联曰："一尘不染三千界，万法皆空十二因。"庵后为新建的和尚塔林，墓塔林立，庄严肃穆。峨眉山的高僧大都把罗峰作为圆寂后的长眠之地。

灵岩叠翠

灵岩寺遗址位于高桥左侧，在报国寺西南5公里，创建于隋唐年间，曾名护国光林寺、会福寺。明洪武、永乐年间重建，仍名灵岩。明代是灵岩寺的鼎盛时期。此寺殿宇重叠，密林掩映，丹岩凝翠，层层叠叠，呈现出灵岩的雄伟壮观，"灵岩叠翠"便成为峨眉十景之胜。

双桥清音

清音阁地处峨眉上山下山的中枢，与龙门洞素称"水胜双绝"。

在清音阁中部，是丹檐红楼的接御、中心二亭，亭两侧各有一座石桥，在石桥之下，有黑、白两潭泉水，右侧为黑水，潭水源出九老洞下的黑龙潭，因水色如黛，又名黑龙江；左侧白水，源出弓背山下的三岔河，水色泛白，又名白龙江。两江汇流之处正好有一块状如牛心的巨石，黑、白二水在此汹涌拍击，组成独具特色的风光景致。伫立中心亭，观黑、白二水，大有山随水动之感。惊涛拍石，发出阵阵的轰鸣，声传四周的深谷幽林之中，恰如古琴弹奏，时而清越，时而深沉，时而激昂，任人领略"清音"之趣。"双飞两虹影，万古一牛心"，传神地描绘出"双桥清音"的风韵。

白水秋风

龙门洞位于峨眉河中游,集峡谷风光、地学旅游、摩崖艺术为一体,与清音阁素称峨眉山"水胜双绝"。

在峨眉河两岸,有两山对峙,宛如一道石门,在这道石门壁上有一大洞,传说曾有神龙居住,所以称为龙门洞,或龙门峡。又因溪流清澈、色如碧玉,又称为玉溪、玉峡。

洪水季节,更为壮观,在两山绝壁之上,一道道瀑布飞泻而下,另有数道溪流,从河岸喷射而出,犹如游龙奔跃于峡谷之上,俗称"九龙吐水"或"九龙游水"。

洪椿晓雨

洪椿坪建于明万历年间,原名千佛禅院,因寺外有三株洪椿古树而得名。在寺中有这样一副对联:"佛祖以亿万年作昼,亿万年作夜;大椿以八千岁为春,八千岁为秋。"以"大椿"来比喻洪椿树的古老和寺庙的历史悠久。

洪椿的晓雨令人心旷神怡,在春夏雨后初晴的早晨,你来到山野之外,感受着略带凉意的空气,会感觉别样的清凉。此时,山林中,石坪上,庭院里,落起霏霏"晓雨",这"晓雨",似雨非雨,如雾非雾,使得楼阁、殿宇、山石、影壁、花木、游人、庭院,都似飘忽在迷茫的境界中,呈现出一种似有似无、虚无缥缈的朦胧境界。

大坪霁雪

大坪位于峨眉山中部,山势险峻,孤峰凌空,仅东北两侧各有一陡坡上下。此峰因雪后景观堪称奇特,成为峨眉山十胜景之一，名"大坪霁雪"。

每到秋末，金顶开始飘雪之时，琼枝玉叶，银装素裹，似白塔矗立。严冬时，峨眉山更宛如银色世界。大坪和周围的群峰，都变成一片洁白的净土。晴雪初霁，如果伫立在高峰上鸟瞰大坪，更有一番"幽峭精绝"的佳境。大坪和环绕四周的群峰，宛如一朵庞大的雪莲花，展现出峨眉冬雪的形色之美。

九老仙府

"寺号仙府，洞临九老；山迎佛顶，台接三皇。"这副楹联，概括出"九老仙府"的主要特色。在仙峰寺右侧 500 米的九老洞，全称九老仙人洞，相传是仙人聚会的洞府。九老洞位于仙峰寺右侧半山腰，洞内黝黑阴森，凹凸湿润，深邃神秘，令人望而生畏。

后经地质队和有关专家考察，才揭开了九老洞之谜。原来此处为岩溶洞穴，里面洞中有洞，纵横交错，越往深处，越加奇

妙，石钟乳、石笋、石柱、石芽、石花等等，千姿百态，造型奇特，新颖优美，浑然天成。

象池月夜

在峨眉观月，最佳地点是报国寺、萝峰顶、万年寺、仙峰寺和洗象池等处。"象池月夜"是峨眉十景中最浪漫的一景。

如果月夜当空，置身于静夜之中，感受着空山沉寂，树叶低语。如果此时你静坐在大雄宝殿前，看半月台、洗象池、初喜事、吟月楼都沉浸在朦胧的月色里，深山古庙，清泉亭阁，该是多么庄严肃穆、淡雅恬静啊！空中嫦娥，池上玉兔，遥相呼应，天上人间，物我两忘。那是怎样的一幅世外隐士与高人的幽雅画面！

武当山

武当山，古代称之为仙室，是我国道教圣地。四大名山中，武当山名气最大。

道教创始于东汉晚期，张道陵为其创始人，奉老子为道教祖师和天尊。武当山的道教起于唐贞观年间，他们称自己的教派为"武当派"。宋、元、明朝帝王多对武当山加封以仙山之名。

武当山的建筑，在宋元时期，逐渐增多，明永乐十一年，明成祖朱棣役使 30 多万民夫工匠用了近 10 年时间，在武当山建造净乐宫、迎恩宫、玉虚宫、遇真宫、紫霄宫、南岩宫、五龙宫、太和宫，以及复真观、元和观等 33 个规模宏大的建筑群。另外，还修建了 39 座桥、12 座亭和神道，使武当山真正成为一座"真武道场"。

武当拳术的发源地

"武当太乙五行拳"名闻中外，许多海外人士未识武当山，而先知武当拳术。"武当太乙五行拳"的创始人，是武当山的著名道士张三丰。北宋末期，张三丰曾在武当山结庐修道，皈依玄门，自称三丰道人。他细心观察喜鹊和蛇嬉斗的动作，把八段锦和长拳两套武功，发展为动静结合的太极十三式。明弘治年间，武当山紫霄宫的第八代宗师张守性，结合张三丰的太极十三式和华佗的气功五禽（熊、鹿、虎、猿、鹤）图，发展成为"武当太乙五行擒扑二十二式"，而成为武当山道士世代相传的一种独特拳术。这种拳术，讲究手腿并用，以指穴擒拿为主。它既能锻炼身体，又能应用于按摩治疗，运用于防守自卫，克敌制胜，非困

不发，纯用内功，称为内家拳。武当拳不仅在我国流传，日本和东南亚一些国家也有不少人学练武当拳术，现在日本仍有"武当正宗"的组织。

目前，我国研究和练"武当太乙五行拳"功底最深的一位长者，是溥儇。1929年秋，他曾到五当山住了七个月，向紫霄宫住持李合林学习拳术，坚持锻炼50多年，直至今日，不曾懈怠。这种拳术动作的名称，取得极其形象。比如，白猿出洞，双峰拜日，意马悬崖，海底顶云，犀牛望月，翻身托天，青狮抱球，闪耀金庭，花鹿采芝，伏饮清泉，雄鹰探山，双擒鸡群，仙鹤腾空，飞舞风云，黑熊反掌，威震森林，彩凤凌空，百鸟齐鸣。

为了继承、推广武当拳术，湖北省体育部门特地在全国武术观摩交流会上，把溥儇先生请上武当山，专题讲解"武当太乙五行拳"及其来源。后来，再次请溥儇上武当山，传授武当拳术技艺，使这一濒于失传的古代拳术，得以保留和发展。

紫霄雄风

紫霄宫是武当山的主要宫殿。殿宇、楼阁、廊庑共计860间，规模宏伟，气派非凡。紫霄宫背倚旗峰，面对照壁峰。展旗峰石色灰赤，如一面卷动的大旗，极其雄伟壮观。紫霄宫大殿，楼阁飞檐，雕梁画栋，各种雕像，形象逼真。大殿顶脊，排列着各种铜质、铁质的龙、凤、狮、麒麟等飞禽怪兽，形象生动。

大殿前面的碑亭内，有两座巨大的石龟碑刻。碑上镌刻明代永乐皇帝为保护武当山道教活动而亲笔写的"圣旨"。碑高10米，石龟长4米、宽2米。每座龟碑重达百吨。龟甲、龟腹有明显的质感。龟头、龟脚表现出负重着力的形态。像这样用完整的巨石雕制成的石龟，是举世罕见的。

大殿之内，有一棵横架着的干杉树，长 10 米，直径 30 多厘米。传说是 500 多年前兴建紫霄宫时剩下的一棵。人们在这一端轻轻叩击，那一端能听到声响，在这一端讲话，那一端贴耳能听到声音。因为这棵干杉树能够传声通话，所以取名"紫霄听杉"，成为武当一景，游人来此无不一试为快。

1931 年 5 月，贺龙率领的红三军由洪湖向鄂西挺进，曾在五当山驻防。红三军司令部就设在紫霄宫。贺龙率领的红三军曾多次打败兵力多于自己几倍的敌人。贺龙大战十八盘的故事，至今仍为人们广泛传诵。

南岩观奇

南岩是武当山三十六岩中风景最美的一岩。山势奇特，晚岩横生，上接云霄，下临绝涧，到处都是奇山异景。

元朝兴建的、由皇帝赐名的"天乙真庆万寿宫"石殿，就雄踞在悬崖之上，好像镶嵌在千仞峭壁之间。这座雄伟的石殿，仿木结构，斗拱、檩、梁、门、柱都是用悬崖的完整岩石凿成的。石殿之内，"天子卧龙床"组雕，"三清"塑像，都雕得生动逼真，尤其那环立在殿内的五百铁铸灵官，更是栩栩如生。无论从石雕大殿、石雕塑像，还是铁铸灵官来看，都不愧是一座艺术宝库。

石殿绝崖旁边，横伸一雕龙石梁。石梁悬空伸出 2.9 米，宽约 30 厘米，上雕盘龙，腾空欲飞，翘首天柱峰。龙头顶端，雕一香炉，号称"龙头香"。过去，不少香客为了表示自己的虔诚，竟冒着生命危险去烧龙头香。下临深渊，踏上石梁，稍有不慎，就会失足丧生。

金殿巍巍

我国最大的铜铸镏金大殿，就坐落在武当山的天柱峰顶上。金殿全是铜铸部件卯榫拼合焊接而成。殿高 5.5 米，宽 5.8 米，进深 4.2 米。殿内有"真武大帝"镏金铜像，面貌丰润，衣纹飘动，重达 10 吨。两旁有金童拿着文簿，玉女托着宝印。水、火二将执旗捧剑，神情各不相同。

殿内藻井上，悬挂一颗镏金明珠，人称"避风仙珠"。传说这颗宝珠能镇住山风，不能吹进殿门，以保证殿内神灯长明不灭。其实，这种奇妙的现象，是建筑金殿的名师巧匠精心设计的结果。在铸造时，已经为各种铸件留有热胀冷缩的系数，使之严丝合缝，又留有余地。

这座金殿，经过 500 多年的严寒酷暑、风雨雷电的考验，仍然完整如初，巍然屹立在天柱峰顶。游人如果机缘凑巧，还能看到"海市蜃楼"和"金殿叠影"的奇景。

道教重镇崆峒山

崆峒山，位于甘肃省平凉市西部，属六盘山支脉，山势雄伟险峻，秀丽奇巧。主峰马鬐山，海拔 2025 米，在道教中有"十二仙山之一"之称。崆峒山下有弹筝峡泾河潆洄，后峡胭脂河湍流激荡，两河交汇环抱于望驾山脚下，形成了崆峒山虎踞龙盘之势。崆峒山以其峰林耸峙，危崖突兀，沟壑纵横，涵洞遍布，怪石嶙峋，山岭葱郁，集雄浑、苍劲、清幽于一体，故在当地有"崆峒山色天下秀"之说。

崆峒山以人文初祖轩辕黄帝问道于广成子而闻名于世，也当然成为道教发祥地之一。传说中的仙人容成公、赤松子隐居于此。西周时，又有长桑子之徒韦震在此修炼。因此，当后来秦汉时期黄老道盛行时，秦皇、汉武因仰慕黄帝飞升成仙，也多次西临崆峒。由于崆峒山地近关中，后世虽无著名道人隐居修真，但其道脉却也是千年未绝，成为西北地区重要的道教圣地。

相传秦汉时期，就有道人在崆峒山上筑馆修炼。魏晋南北朝时期，道教在崆峒山已十分兴盛。唐宋至元代，山上庙观都有增修和扩建，其间曾因兵燹和灾害，不断地毁圮。到明朝万历年间（1573—1620），崆峒山道观大多都已倾圮，故万历皇帝下令按武当山规制在山上修筑道宫以复旧观。自此，崆峒山成为西北地区最大的道教丛林。当时全山有八台九宫十二院等庙观四十余座。所谓的八台即东台、西台、南台、北台、中台、天台、灵龟台、八仙台；九宫是紫霄宫、飞升宫、五龙宫、遇真宫、老营宫、太和宫、王母宫、静庆宫、询道宫。在峭壁间和峰巅上，耸立着一排排精致奇巧的宫观建筑，上接云天，下临深谷，红楼碧瓦，犹如天宫。可惜的是自清代以来，崆峒山道观年久失修，现仅存道教宫观十五处，其中只有三处住有道士。

崆峒山最大的道观为太和宫，当地称之为隍城。主要殿堂有真武殿、玉皇殿、老君殿、三官殿、太白殿、祖师殿、药王殿等7座。真武殿也被称作无量祖师殿，是隍城的主殿，最初修建于北宋太祖时期的乾德年间（963—968）。但在元代时，曾被改作佛寺，名为崇佛阁。明嘉靖年间韩王夫人郭氏捐资，将大殿扩建为五楹，并在殿顶覆盖铁瓦，远远望去熠熠生辉。真武殿前的斜坡青石道上有明代镌刻的蟠龙，形象十分生动。真武殿内的神龛上，供奉着真武大帝的镏金铜像，龛台正中设置了一个铜铸的玄武，左右各有一个彩塑周公像。龛台左右侧下方分别塑有龟蛇化身站像一尊。殿内左右有彩塑四大灵官站殿神像。另外，韩王夫人捐资铸造的铜鼎置放在真武神像前，而襄陵王朱洗奉献的一个直径一米多的铜背光镜则镶于真武像后。

崆峒山上有两处专门供奉道祖老子的老君殿。其中之一位于隍城西南角，毗邻药王殿。这是一座明代的建筑，分为上下两层。上层为正殿，背西面东，有木制楼梯可供攀登。殿内供奉着太上老君的坐像，左右两侧分别是迎喜、白骨的化身神像。这里最为珍奇的是，两侧的殿壁上有六十平方米的彩绘"太上老君八十一化"图。这是一组明代嘉靖年间（1522—1566）的连环画卷。整组壁画制作精美，色彩艳丽，人物形象栩栩如生。故事生动再现了老子的不同化身，是国内罕见的明代壁画。这些宫殿大

多是明代的建筑。

除了太和宫外，道观还有子孙宫、三教洞和药王洞。子孙宫内供奉着碧霞元君、送子娘娘、催生娘娘、奶母娘娘等道教女神。三教洞不仅建筑颇为独特，是当地常见的窑洞式建筑，而且洞内所供奉的太上老君、释迦牟尼和孔夫子，也是分属儒、释、道三个不同的宗教，看来各种宗教杂糅，不分彼此，正是中国人宗教观的典型表现。药王洞是祭祀药王孙思邈的。相传孙思邈曾游历崆峒山，在此留下不少遗迹。现在的药王洞是一座两层建筑，其中的下层供奉着药王孙思邈。

山洞遍布是崆峒山道观建筑的一大特色。除了上述的三教洞外，还有富于传奇色彩的玄鹤洞。玄鹤洞位于东台的绝壁之上，相传洞里曾有一只玄鹤，本是广成子座前的仙童，因触犯清规，广成子一怒之下，将其变为玄鹤，打入石洞。据此传说，在东台上还特别建造了一个招鹤堂，堂前还撰有对联一副：

"白云依稀归去，玄鹤想象飞来。"

天下第一幽——青城山

以"天下第一幽"著称的青城山，位于四川省都江堰市西南约15公里处成都平原的西端，背靠千里岷江，俯瞰成都平原，主峰老霄顶海拔2434米。青城山为道教十大洞天中的第五洞天，并且还有一个特殊的名字——宝仙九室洞天。青城山因山上林木葱茏，四季常青，群峰环绕，状如城郭，故名为"青城"。同时又因为地处亚热带，古木参天，浓荫覆地。加之洞壑纵横，峰峦不绝，蔚然深秀，云雾缭绕，又深藏着所谓的八大洞、七十二小洞而显得格外幽邃曲深，故有"青城天下幽"之美誉。

在早期的道教历史上，青城山是一个非常重要的地方。东汉末年，张道陵西入蜀中，在鹤鸣山创立了五斗米道，开始了初期的传道活动，而邻近的青城山当然成为主要的传教地区。虽然后来张道陵创立的五斗米道以及后来的天师道移师他处，但青城山的道脉并未中断，据说张道陵最终在这里羽化成仙。另据葛洪《神仙传》中记载，阴长生曾随临淄人马鸣生入青城山学道。当时阴长生已随马鸣生数年，马见阴锐意学道，故带其入青城山中，煮黄土为金以示之。随后，马鸣生在青城山西南立一祭坛，以《太清神丹经》授予阴长生。等马鸣生离去后，阴长生于是按其法合丹，丹成，阴长生只服了半剂就飞升成仙了。这当然是一个神话了，不过也反映出青城山在早期道教史中的位置。

西晋惠帝永宁元年（301年），信奉张鲁天师道的李特率众攻战成都起义，后在成都创建了大成国。大成国传至三世李寿时，改国号为汉，史称成汉。而李氏之所以能够建国，其中与青城山道士范长生的援手有关。据《晋书·李流载记》中称，当时涪陵人范长生率千余家，依青城山，以天师道为名，据守青城。起义军说服范长生资助军粮，使得李特的义军才能重创晋军。故李特之子李雄占领成都后，欲迎立范长生为君，当然被范固辞。不过，就在李雄称成都王时，范长生专门从青城山下来，乘素舆到成都劝说李雄称帝。这当然鼓舞了李雄，所以在他即帝位后马上加封范长生为天地太师、西山侯，并给予范长生诸多豁免与特权。李雄在位的三十年中，由于得到范长生的辅助，成汉事政宽和，事役稀少，很得百姓拥护。

隋唐时期，青城山的道教仍十分兴盛，许多负有盛名的士、道都将游青城作为自己修身养性的一课。如司马承祯在隐居天台之前，到青城山一游。但这期间与青城山关系最为密切的却是唐

末的杜光庭。杜光庭学识渊博，精通儒、道经典。晚年隐居在青城山白云溪，后逝于此，葬在清都观后。杜光庭生平著述极为丰富，仅收入《道藏》的就有 20 余种，如《道德真经广圣义》五十卷，《太上老君说常清静经注》，《广成集》十七卷，《历代崇道记》《洞天福地岳渎名山记》，《道教灵验记》十五卷，《神仙感遇传》五卷，《墉城集仙录》六卷，《录异记》八卷，《道门科范大全集》八十七卷，《太上黄箓斋仪》五十八卷，以及其他斋忏科仪十余种。并对道教斋醮科仪的制定贡献极大。

明代，青城山道教属正一道，但至明末开始趋于衰落，清康熙时武当山全真龙门派道士陈清觉来此山传道，创立了龙门支派丹台碧洞宗。从此，这里成为全真派的领地，并一直延续至今。

正因为青城山道脉传承千年未断，因此青城山的宫观在清代重修后，基本保存完好，主要有建福宫、常道观、祖师殿、上清宫、老君阁等典型的道观建筑。前山以常道观、上清宫为中心，形成宫观相望的形势。而建福宫、祖师殿、朝阳洞等道教宫观与金鞭岩、石笋峰、丈人山等自然风光相互对应，彼此增色。

王屋山

王屋山位于河南省济源市西北 45 公里处。王屋山北依太行，南临黄河，是古代江、淮、河、济四渎之一的济水发源地。王屋山山名的由来，据说有二：一是认为山势重重叠叠，恰似王宫，故名王屋；另一说是山中有一洞穴，深不可测，洞中开阔宽敞如王者之宫，故名王屋山。但不管说者如何，总之王屋山山势雄浑，最高峰海拔 1715.7 米，屹立在河洛平原地区。在杜光庭的《洞天福地河渎名山记》和司马承祯的《天地宫府图·十大洞天》中，王屋山均列十大洞天之首，也称为小有清虚之天。

王屋山最早为人所知，是因为《列子》里那个著名的愚公移山的神话故事。这一故事后来又因为毛泽东在《愚公移山》中的引用而家喻户晓。传说中"愚公移山"的地方就在王屋山，愚公所移之山是一条从王屋山主峰延伸下来的南北走向的大山梁，山梁西面就是愚公住的小村子，山梁的东面有条河叫小有河。从愚公所在的村子到小有河去取水，正是隔着这条大山梁，所以愚公才决定带领他的子子孙孙挖掉它。

但实际上，在中国历史上王屋山是以道教而闻名。千百年来，高耸的王屋山是道家首选的"洞天福地"。而在道教著作中，王屋山与道教关系十分悠久。王屋山山顶处现仍有一石坛，据说就是轩辕黄帝曾经祭天的地方。当时黄帝与蚩尤战而不胜，于是在此告天，感动了九天玄女，命西王母给黄帝授予《九鼎神丹策》《阴符册》等符书，黄帝才因此而降伏蚩尤。正因为这个原因，王屋山也称为天坛山。魏华存的《清虚真人王君传》记载，其师父王褒得道成仙后，被封为太素清虚真人，统辖小有天王、三元四司、右保上公，而他的治所就在王屋山，这也是王屋山被称为小有清虚之天的来源。

　　道教何时传入王屋山，已难稽考。但在南北朝以前就有道人在此修身养性，传经布道，聚众炼丹。据《真浩》卷五中记载：东汉时期，毛伯道、刘道恭、谢稚坚、张兆期等人在王屋山中学道，前后四十余年，共合一服神丹。这服神丹毛伯道服后死了，接着刘道恭又服下，也死了。谢稚坚、张兆期看到这种情形不敢再服，觉得飞升成仙无望，就离开王屋山准备返乡。但在回家的路上却发现毛伯道、刘道恭仍在山上并没有死，而是服丹药后尸解成仙了。这才知道他们因为信心不足，放弃了丹药。二人十分后悔，只得请求毛、刘两位再教他们飞升成仙之道。毛、刘两位仙人给了他们茯苓方，谢、张两位服后，都活到了数百岁。这个故事当然是道教中的神话，但说明自东汉起，已有道人在王屋山中修行了。

　　唐代是王屋山道教的兴盛时期，高道云集，潜心修道，间或传出有人羽化升天的故事。这其中著名的道士先后有：司马承祯、李含光、玉真公主等人。

　　著名道士茅山派第四代宗师司马承祯是王屋山阳台宫的第一任住持。据《唐王屋山中岩台正一先生碑碣》载，司马承祯在开元十五年奉诏入京，玄宗命他到王屋山自选形胜兴建道观居住。司马承祯因此在王屋山中兴建了阳台观。司马氏于开元二十八年（740年）仙去，享年八十九岁，钦封贞一先生，葬在了紫微宫西北松台处。这里因此被称为"道士坟"。李含光，也是唐代著名的道士。他是开元十七年在王屋山师从司马承祯的。司马承祯去世后，李含光受玄宗之诏，成为阳台观的第二任住持。张探玄，字体微，人称贞玄先生。他在游历海岳之后，在王屋山修身养性。天宝元年（742年）去世，享年七十六岁。睿宗之女玉真公主，也是玄宗的胞妹。天宝二载（743年），玉真公主奉旨随司马承祯学道。随后，玄宗专门将王屋山的宫观葺缮，为玉真公主修真所用，并亲自题写匾额"灵都观"。王屋山中著名的道姑不仅玉真一人，还有一位曾做过阳台观的住持，即柳默然。史载，柳默然一生斋戒精勤，操履谨严，使得阳台观在她主持下井然有序，直到她于文宗开成五年（840年）去世。其后，比较知名的住持即刘道清。刘道清，号纯清子，幼年出家为道，后道业大成，任阳台观住持多年，所传弟子无数。五代时，有著名的道士燕真人。当时人们已不知他的真实姓名，只知道他号为燕萝子。燕氏本为王屋山人，就居住在阳台观之侧。后晋天福年间（936—942）修得烟霞养道的诀窍，并食用了千年的灵异人参，因此拔宅升天。这是一人得道，鸡犬升天的另一个版本。

宋金时期，王屋山仍为北方重要的道教圣地，不断有高道涌现。宋代有贺兰栖真。贺兰栖真曾拜骊山白鹿观观主冯洞元为师。洞元去世后，贺兰遂往各个名山洞府访道修真，后定居在王屋山奉仙观，为奉仙观第一任住持。由于贺兰道行高，宋真宗多次诏见，礼遇甚厚，赐号宗玄大师，并豁免了奉仙观的田赋租税。贺兰于真宗大中祥符三年（1010年）去世。金时，王屋山则有王志佑、张志谨、孙志玄等著名的道士。王志佑的贡献主要是在主持阳台观事务期间，从金正大四年（1227年）开始，历时十二年对阳台观进行了整体修缮，并在工程完成后将阳台观改名为阳台万寿宫。张志谨，号神宁子，泰和年间（1201—1208）泛海为商，后辞亲学道，拜长春真人丘处机为师。云游各地二十余年后，张志谨到王屋山灵都观修真。此时，灵都观多年失修，殿堂损坏严重。张志谨于是率领众弟子进行修葺。可惜的是，工程未成张志谨身先卒，后被追赠为广玄真人。这一工程由张志谨的弟子孙志玄完成，并接替张志谨掌管灵都观事务。显然，孙志玄是一位极其能干的住持，在他的主持下，灵都观发展道众达百人。因此，灵都观于蒙古海迷失后两年（1250年）升为宫，号为灵都万寿宫。另外，还有一位莹然子，十六岁拜王重阳弟子刘处玄为师，于元太宗窝阔台九年（1237年）主持天坛十方院。莹然子弟子众多，并且许多弟子都成为王屋山各个宫观的知宫、知观，颇有成就。

明清以降，王屋山虽不像前朝那样高道辈出，但也有陈性常、张太素、赵复阳、王常月等名道先后到此修炼。乾、嘉之后，王屋山道教日渐式微，多处宫观废毁，大型法事活动日益稀少，除少数隐修道士外，只有民间的祈祷、斋醮活动仍然流行，但仍遗留下不少道观供人凭吊。

在王屋山道观修建的历史上，唐玄宗是值得大书特书的一位。由于玄宗皇帝崇道，加之王屋山地近东都洛阳，因此，唐代是王屋山道观大规模修建的重要时期。开元十五年（727年），首先，唐玄宗诏司马承祯自选形胜创建宫观，司马承祯应诏在王屋山上修建了阳台观。从此阳台观成为王屋山上道观之首，阳台观的观主也多为各个时期有名的道士，如李含光、柳默然、刘道清等人。因为得到了国家的大批拨款，唐代王屋山上还兴建了灵都观、白云道观等道观。宋金元时期，在阳台观、灵都观、白云道观外，又新建了奉仙观、长春观、通仙观、虚皇观、上观、下观等，形成了"三里一观，五里一宫"，道观林立、香烟缭绕的繁盛景象。

因此，这一时期王屋山的道观建筑群不仅规模宏大：从天坛山的三清殿、玉皇殿、轩辕殿、王母洞到十方院、阳台宫、紫微宫、清虚宫、迎恩宫、三官殿、玄台殿等方圆数十里，组成了庞大的道教宫院，为三清、四御、三官、十方、雷祖、西王母等先天元神均建立了宫殿。而且其道观体系完整有序：有供奉元始天尊、灵宝天尊、道德天尊的三清殿；供奉紫微大帝的紫微宫；供奉玉皇大帝的玉皇殿；供奉清虚大帝的清虚宫；供奉天、地、水大帝的三官殿；供奉雷祖的玄台殿；还有供奉十方救苦天尊的十方院；供奉西天王母的王母洞；也有供奉人文始祖的轩辕黄帝殿。真可谓众神归位、各得其所。特别是西王母所在的王母洞高大宽敞，内中怪石嶙峋、绵延数里，形成了所谓的四十八街，街街贯通。由于这里曲径通幽、清虚洁净，所谓"天下第一洞天"的小有清虚之天即位于此处。著名的道教《三皇经》，也称《小有三皇经》就出于此洞。显然，王屋山的道观既各自独立，又形成了完整的体系，并自上而下充分体现了道教三十六重天的学说。

在王屋山的道教历史上，众多道士恪尽职守也成为王屋山道脉延续千年的重要因素。在主持斋醮事务的同时，也尽力维护这些宫观的完善。我们所熟知的古代后期著名道士，大多都与修缮道观联系在一起。如莹然子主持十方院期间，多次率徒修复道观；元初，宋德方及其弟子陈志忠，先后主持和修葺天坛三清殿、十方院、紫微宫、清虚宫等。

明清时期，也多次对王屋山道观进行了修葺，如明英宗天顺六年（1462年）重修紫微宫。因此，虽然历经道教兴衰、战火纷繁，部分道观被毁，但王屋山的主要道观仍然留存至今。

王屋山不仅是道家人物修身、炼丹、成仙之所，还吸引了许多文人墨客至此寻幽探胜，陶冶情操。唐代李白、杜甫、白居易、李商隐、韩愈等大诗人和文学家先后来王屋山游历。他们在此流连忘返，留下了许多不朽的名篇佳句。李白在《寄王屋山人孟大融》中写道：

"愿随夫子天坛上，闲与仙人扫落花。"

王维在《送张道士归山》中说："先生何处去，王屋访茅居。别妇留丹诀，驱鸡入白云。"

刘禹锡在《奉送家兄归隐王屋》中写道："阳落天坛上，依稀似玉京。夜分先见日，月静远闻望。云路将鸡犬，丹台有姓名。古来成道者，兄弟亦同行。"

庐山与仙人洞

位于长江以南、鄱阳湖西岸的庐山，古称匡庐，又名匡山，是长江中游地区最为著名的山脉。山岳蜿蜒于江西省境内，最高峰大汉阳峰海拔 1474 米。庐山的得名还有一段故事：相传周威烈王时（公元前 4 世纪），有位匡俗先生，在山巅结庐，专心修炼。周天子听说后一心想结交他，屡次请他出山，但都被拒绝。后来，这位一心想要成仙的匡先生，为了不受干扰，干脆潜入深山。使者遍寻不到，后来在山巅处发现了匡俗居住的草庐，而其人早已羽化登仙。庐山之名由此而来。庐山在道教中名列三十六小洞天中的第八洞天。

显然，庐山在道教历史上的地位显著。不过，在早期的道教史中，庐山倒并不十分出名。唯一的故事发生在三国时期，当时以医术著称的道士董奉曾隐居在庐山般若峰下。据说董道士常为山民治病，从不收取分文，只是要求重病患者被治愈后植杏五株，轻病者一株。如此数年过去，积少成多，杏树已多达十余万株，郁郁成林。董奉逝后，人们十分怀念他，建馆奉祀。道教真正进入庐山是到了南朝的刘宋时期。当时著名的道士陆修静因避太初之乱，拂衣南游，于南朝宋大明五年（461 年）到达了庐山。

因见庐山景色绝佳，便在庐山东南瀑布岩下营建精舍太虚观，隐居修道，而太虚观也就成为庐山上第一座道观。

宋明帝刘彧即位后，意欲弘扬道教。闻知陆修静之名，于是派遣江州刺史王景宗携带重礼，请陆修静进京弘道。在多次请辞后，陆修静才于泰始三年（467年）赴建康。宋明帝对陆修静礼遇甚厚。而显然，陆修静的道理也使宋明帝颇中心意。于是，宋明帝便在建康郊外的天印山为陆修静修筑崇虚馆以便他修身养性。但陆修静并没有忘记庐山，十年后，刘宋元徽五年（477年）他在崇虚馆去世后，弟子们还是奉其灵柩归还庐山，安葬在布袋崖。由于宋帝诏谥陆修静为简寂先生，其庐山的旧居太虚观因而更名为简寂观。

陆修静在庐山简寂观修道前后共十七年，收藏了在当时可以说最为完备的道教典籍，简寂观道藏阁也因为陆修静成为当时最大的道教经库。可惜的是，简寂观的道藏阁后来失火，所藏经籍付之一炬。不过，庐山也因为陆修静在此以灵宝派为核心、以《三洞经书》为经典、以斋诚科仪为方法，将天师道和金丹道结合起来，对南方鱼龙混杂的各个道派进行了清理，从而创建了与嵩山寇谦之北天师道相互辉映的南天师道而闻名遐迩，成为南方道教重镇。

陆修静之后，道教在庐山有相当的发展，先后有众多道士隐居于此。其中，天宝年间的宰相李林甫之女李腾空与蔡侍郎之女蔡寻真都在此学道。而她们所隐修的昭德观与录真观，也成为当时声名显赫的道观。正因为这一时期道教的发展，道士的增多，故先后有祥符观、先天观、景德观、白鹤观、广福观、太平宫等众多宫观修建。其中，广福观在庐山西麓，俗称"匡君庙"，是奉祀庐山最早的开山者匡俗先生的；太平宫则在庐山北麓，兴建

于唐玄宗时期，原为九天使者庙，崇轩华构，规模可观，道众最多时达数千人。北宋扩建后，更名为"太平兴国宫"；崇善观位于上霄峰，五代时为女道士杨保宗所栖止修真。南唐元宗李璟曾诏杨保宗入京讲道。同时，命妃嫔乐道者合钱财为她修缮崇善观。李璟还亲赐观额，以示恩宠。

宋代以后，庐山道观因失去皇室扶持，日渐衰落。而庐山上的道教宫观也历经沧桑，大多废毁。保存完好者，唯有仙人洞道院。仙人洞位于牯岭西北，系风化而成的岩洞。由于洞顶岩石参差，很像是人手伸出，故人们称之为佛手岩。这里本为佛僧搭庵修行的地方，但因民间传说这里曾是吕洞宾修炼得道的地方，故清代嘉庆年间（1796—1820），诏由道士主持，改祀吕洞宾，并建纯阳殿供奉吕洞宾。由于吕洞宾为八仙之一，故佛手岩改名为仙人洞。仙人洞确实十分奇特：岩洞约高6米，宽10余米，深14米，可以同时容纳百余人；岩洞内有一从石隙中下滴的"一滴泉"，终年滴水不止，清流晶莹，被誉为"洞天玉液"。另外，洞内还有一老君殿，从名称上看，就知道应该是供奉太上老君的。除此之外，石壁上的"天泉洞""静善泉""洞天玉液"等字样的明代刻石，也是十分珍贵的文物。仙人洞下绝壁千仞，下临深涧，故毛泽东有"天生一个仙人洞，无限风光在险峰"的佳句。

莫干山与干将、莫邪

莫干山位于浙江省北部德清县境内，是天目山的余脉，也是国家重点风景名胜区。莫干山流传着一个古老的传说，它讲的是一个名叫莫干的年轻人为父报仇的故事。

相传在春秋时期，有一对年轻的铁匠夫妇，男的叫作干将，女的叫作莫邪，他们非常恩爱，铸铁的功夫也是一流。当地的人们想要打造一些农具或是宝剑，都是找他们夫妻俩。时间久了，夫妻俩在当地逐渐有名气起来。

楚王是个非常残暴的人，他听说这对夫妇造宝剑的功夫一流，就找到他们，让他们铸造一对非常锋利的宝剑，一定要达到削铁如泥的效果，否则就把他们杀死。

夫妻俩不敢怠慢，从此辛苦铸造宝剑，终于用了三年的时间将雌雄两柄宝剑铸成了。之后，夫妻俩在雄的那柄宝剑上刻了"干将"二字，雌的那柄宝剑上刻上了"莫邪"二字，代表两人永不分离。宝剑铸成了，夫妻俩本该即刻将剑交给楚王，但是这时干将犹豫了。干将想，楚王是个暴君，就算他们将两柄宝剑都交给他，他也一定会将他们杀死。如果只将其中一柄剑交出，就说刚刚铸好了一柄剑，兴许楚王还能将他们放回来接着铸造另一柄。再一想，妻子有身孕在身，为了妻子和未出世的孩子着想，自己一个人前去最为合适。于是他把这个想法告诉了妻子，背着"莫邪"剑就出了门。

楚王见干将背着宝剑前来拜见他，非常高兴，立即命下人拿来呈示给他。他接过宝剑，发现剑非常轻盈，而从剑套中拔出宝剑的一瞬间，闪出了一道耀眼的亮光。当下朝旁边的铁柱子一挥，果然柱子即刻就断掉了。更为神奇的是，这宝剑还飞起来，在空中盘旋一阵又落到了楚王手中。楚王心想："这宝剑果然名不虚传，举世无双。如果我将干将杀了，就没有人能再造出这样的宝剑了，我天下无敌了。"于是他就派人将干将拉出去砍了头。

干将死后，莫邪把儿子生了下来，给孩子取了个名字叫作莫干，母子两人日子过得非常艰苦。等儿子长大以后，莫邪就将她和干将年轻的时候辛苦为楚王铸剑，干将又怎样被杀的事情告诉了孩子，并将"干将"剑拿出来，让莫干为父亲报仇，杀掉凶狠的楚王。

从此莫干离开母亲，到异地拜师学艺，练就了一身本领。这样过了三年，他觉得时机成熟了，就去了楚国的都城。此时的楚王正在观看宫女们跳舞，莫干闯进王宫，大骂楚王是个昏君暴君，残忍地将自己的父亲杀害。楚王此时才醒悟过来，立即拔出身边的"莫邪"宝剑向莫干抛去。莫干也不示弱，挥动着手中的"干将"宝剑向楚王砍去。只见"干将"和"莫邪"宝剑刚刚遇到一起，就立即合为一体，在空中盘旋了一圈又回到了莫干手中。莫干挥舞着宝剑，将凶残的暴君杀掉了。

　　莫干杀掉楚王后，立即回到家中拜见自己的母亲。哪知母亲由于见不到儿子，以为儿子也丧了命，悲伤过度，在一年前就离开了人世，并被乡亲们葬在了山上。莫干为了纪念母亲，就将雌雄合为一体的宝剑和母亲埋在一起。后来这个故事广为流传，人们为了纪念莫干这个孝子，就将那座山叫作"莫干山"了。我们现在去那座山，还能见到"莫干剑池"四个大字，那就是传说中莫干磨过剑的地方。

香山

　　在北京香山的最高峰，有两块巨大的岩石，形如"香炉"。这里山势险要，因巨石上常常出现喷云吐雾的现象，远远望去，好似香烟缭绕，袅袅升空。传说，这些烟雾都是从巨石下埋着的"金香炉"里冒出来的。事实上，香山之名正是得自于香炉峰。

　　关于香山的传说很多，但流传最广的却是这样一个故事：

　　相传，在七八百年前，皇帝为了在西山一带修建规模宏大的庙宇，下令要用全国最好的工匠。在卢沟河（即今永定河）边上，住着一位姓马的木匠。当时，此人虽然才三十多岁，可手艺非凡，声名远扬。这一天，皇帝派人到卢沟河一带寻找工匠，听说马木匠的技艺高超，就来到马木匠家要将他征召到西山去修

庙。可是，马木匠家里还有六十多岁且患病的老母亲，当然不肯去。可那些官差们还是强行把马木匠带走了。

自从马木匠到西山以后，日夜思念家乡，惦记着年迈的母亲，吃不好，睡不安。每天干完活以后，他都要爬到山顶，遥望家乡。一天，下工的锣声响后，马木匠捧着一炷香往山顶上跑。可山顶上除了两块大岩石，光秃秃的什么也没有。他捧着香在山上转了半天，也没找到一个合适的地方插香。这时，他实在是累了，就靠在一块大岩石上休息一下，不想一下子睡着了。睡梦中，他梦见远方飞来一只闪闪发光的金香炉，越飞越近，一直飞到了他的眼前落下。马木匠高兴极了，插上香就拜。不料，他用劲一磕头，猛地醒了。原来是南柯一梦，梦中他的脑袋撞在了岩石上。马木匠揉了揉眼睛，一抬头却发现岩石上真有一个金光耀眼的东西，再仔细一看真的是一只金香炉。他大喜过望，连忙插上香，朝家乡的方向跪下，低声祈祷：

"老天爷，我从来没有求过您什么，这是头一回，您可要多多发点儿善心。"

正在这时，突然从不远处传来呼喊声："来人呀，救命！"他循着声音望去，见一只恶狼正在追赶一位衣衫褴褛的工匠师傅。

"不好，狼要吃人了！"他顾不上再求，抱着金香炉就奔了过去。等他跑近一看，原来被狼追赶的人，正是自己的同乡李石匠。他丢下金香炉，上前一把抓住恶狼的尾巴，死死地拖住。由于他干了一天活，又爬了半天山，早就没劲了，被恶狼拖出了十几步远后就摔倒在地上。还没等他再爬起来，恶狼已经扑了过来……

李石匠得救了，可马木匠却被恶狼咬得浑身是伤，晕了过去。

"马大哥！马大哥！"李石匠边喊边把他抱到一块岩石上，可善良勇敢的马木匠已奄奄一息。"马大哥！马大哥！"李石匠哭喊着，一头扑倒在他身上。正在山下吃饭的同伴们听到哭喊声，丢下碗筷奔上山来。大伙儿含着热泪把马木匠埋在了山顶上。

为了纪念马木匠，李石匠买来几炷香插在金香炉里点着，然后埋在马木匠的墓里，并把山顶上那两块大岩石凿成了香炉形，压在马木匠的坟上。从此，就从这岩石下面冒出一缕缕轻烟来。从远处看，烟雾缭绕着山顶，后来人们就把埋着金香炉的这座山，叫成了"香炉山"，把山的最高峰叫成了"香炉峰"。时间久了，人们就把"香炉山"的"炉"字省去，成了"香山"。

苍山的故事

苍山，又名点苍山，因其山色苍翠，山顶点白而得名。苍山连绵 50 多公里，由海拔均为 3500 米以上的 19 座山峰组成，巍峨耸立，峰顶上终年积雪。

苍山景色以雪、云、泉、石著称。经夏不消的苍山雪，是大理"风花雪月"四大名景之最。皑皑苍山雪，银装素裹，在阳光照耀下，洁白晶莹。关于苍山雪，历代文人墨客赞词颇多，民间传说也不少。明代文学家李元阳曾赞美："日丽苍山雪，瑶台十九峰。"

苍山的云更是遐迩闻名。云聚云散，有时淡如轻烟，有时浓如泼墨。在变幻多姿的云景中，最神奇的却是"望夫云和玉带云"。所谓望夫云，是指每当冬春时节，万里无云，但苍山玉菊峰顶常会出现一朵孤单的白云，忽起忽落，上下飘动，若盼若顾。奇特之处还在于它一出现，点苍山便骤起暴风，洱海则白浪滔天。所谓玉带云，是指每当夏末秋初，雨后初晴，苍山十九峰半山间往往会出现白云朵朵，云朵聚汇，慢慢拉开，宛若洁白的玉带横束苍翠的山腰。绵延数十里，竟日不消散。奇妙的是，玉带云会预兆农业丰收：它出现次数多，当年就风调雨顺。当地白族有农谚：苍山系玉带，饿狗吃白饭。

苍山的泉也有名。在海拔 3800 米以上的苍山顶上有不少高山冰碛湖泊，这些都是第四纪冰川留下来的痕迹。

苍山的石，驰名中外。郭沫若有《咏大理石》诗："三塔矜高古，顺思贞观年。苍山韵风月，奇石吐云烟。相在心胸外，凉生肘腋间。天功人力代，海外竟珍传。"苍山孕育了大理石，大理石就是苍山的魂。

在苍山流传着许多动人的故事，但其中最具传奇色彩的是"望夫云"的故事。

相传，南诏国王有一个聪明美丽的公主，爱上了一位年轻英俊的猎人，两人一见钟情，坠入情网。公主向父王吐露真情，请求答应这门婚事。国王听后，非常气愤，把公主关进深宫。公主伤心极了，整日闷闷不乐，不思茶饭，盼望猎人来救她出去。

公主让贴身侍女去苍山找到猎人，转告自己的处境和思念之情。猎人得知后，非常着急，但公主被禁锢深宫，他无法接近。公主想念猎人，猎人更思念公主，他在苍山上狂奔，高声呼唤着公主的名字。他们纯洁的爱情感动了山神，山神送给猎人一对翅膀，猎人有了翅膀，便悄悄飞进王宫，带着公主从宫墙飞了出来。

国王很快发现公主逃离了王宫，立即派兵追赶。猎人和公主跑啊跑，一直跑到苍山顶峰，藏进了石洞里。国王派兵把守着苍

山，要把他俩抓回王宫。国王认为公主受不了苍山的寒冷，会放弃爱情回到王宫。但是，公主爱着猎人，甘愿为了爱情在山里过着自由自在的清苦生活。

不久，冬天到了，苍山顶上冰天雪地。猎人怕公主受冻，就去盗取洱海东岸罗圣寺罗荃法师的冬暖夏凉宝衣，为公主御寒。不料，猎人在偷盗时被罗荃法师发现，被法师用法术打入洱海，变成了一头石骡子。公主知道猎人遇难，悲痛万分，于是化作了一朵白云，升到苍山顶上，遥望她的丈夫。这就是望夫云。

每到秋冬时节，当望夫云升上苍山顶，就要刮大风，这是公主要把洱海的水吹开，看看睡在海底的丈夫——石骡子。

万寿山与慈禧

北京颐和园里有一座万寿山，万寿山是因当年为慈禧太后祝寿而将瓮山改为今名。那么，当初为什么叫瓮山呢？这里面有一个有趣的传说。

很久之前，有一个给财主扛活的老汉，姓王名老石，乡亲们因为他为人诚实，就顺口叫他王老实。王老实家住在瓮山西北，扛活却在瓮山的东南。因此，他每天走过青龙桥，顺着山的南边、昆明湖的北边，走到财主家去。王老实从二十几岁就天天走这条路，一直走了三十多年。现在王老实整整六十岁了，他想：我扛了一辈子活，什么也没落下。钱、儿女一个也没有。我从这山前走了三十多年，就给这山上留个纪念吧！于是王老实决定在六十岁生日这天，在山坡上种一棵松树。

到了生日那天，王老实高高兴兴地跟老伴说："咱们没儿没女，又没钱，给山坡上种上一棵万古长青的松树，给乡亲们留下一点纪念，也算我王老实过了六十整生日了！"

于是王老实扛起了铁锨，拿起早就预备好的小松树，走过了青龙桥，到了他常常歇脚的东南山坡下，准备挖坑种树。王老实找到一块没有石头的山坡，拿起铁锨来往下就挖，挖了大约一尺深后，忽然挖不动了。王老实心中暗想，坏了，挖到石头上了，这可怎么办呢？他仔细地瞧了瞧下面，原来是一小块石板，再往下看，原来石板盖着一个瓮瓮。他掀开石板一看惊呆了：原来，瓮里装的全是金银珠宝。王老实将里面的财宝一样一样拿出来，摆了满满一地，却发起了愁。他想："我要这么多金银珠宝有什么用呢？兴许还会为了它惹出祸来呢！"想到这里，王老实打定了主意，不要这一瓮金银珠宝。于是，他一件一件再把这些财宝照样装回了瓮里，再盖上石板，埋上了土，并在这埋瓮地点的东边，种上了那棵小松树。他笑着对松树说："松儿，你快快长吧，长大了，好给乡亲们乘凉。"说完，王老实就扛着铁锨回家了。王老实回到家中，就把怎么刨出一瓮金

银珠宝，又怎么给照旧埋上的事，一五一十地告诉了老伴。老伴夸他说："你埋得对，咱们要这些东西没用，咱们穷人有了它准能招来大祸，你埋得对！"夫妻俩相视一笑，王老实就高高兴兴地过了六十岁生日。

从此以后，王老实还是天天到财主家干活。每天，他走过瓮山前面，就给小松树浇点水，小松树长得碧绿碧绿的，王老实心里挺高兴。日子一久，他就把那一瓮金银珠宝的事忘掉了。一天，中午歇息的时候，财主来到场院里查看扛活的长工、短工们有没偷懒。财主看工人们正坐在树底下休息，就搭讪着走过来。

有一个短工看见财主戴着的凉帽上有一颗珍珠，说："掌柜的，你帽子上这颗珠子不小呀。"老财主一撇嘴，说："像这么大的珍珠，你们扛活的哪见过！七分为珠，八分为宝嘛。"大伙儿都说没见过，唯独王老实扑哧一声笑了，说："我见过。我瞧见的比这还大还多呢！"大伙儿不信，忙问王老实在哪儿见过。王老实就把怎么种松树，怎么刨出一瓮金银珠宝，又怎么给照旧埋上的事说了一遍。大伙儿有的说王老实太傻，也有的说王老实没福气。只见财主在旁边把眼珠转了转，呵斥道："你们不要乱说！那是我们家埋的'镇山之宝'，现在既然出现了，就不能再在那里埋着了。走，你们跟我去刨出来。"扛活的长工短工们，明明知道财主说的是假话，可是又不能不跟他去。于是，王老实带路，扛活的拿着铁锹、镬头、绳子，财主跟在后面直奔瓮山去了。

到了瓮山，王老实指明了埋瓮瓮的地方，财主说："你们要轻轻地挖，千万不要伤了我家的'宝瓮'。挖出来后就放在平地上，我要亲手打开我家的'镇山之宝'。"

扛活的工人自然不能说什么，只好开始刨。果然，刨了一尺多深就瞧见一块小石板。再刨下去，一个三尺多高的大瓷瓮露了出来。财主乐坏了，忙命人将瓷瓮抬到平地上，然后振振有词地说："你们瞧，这就是我家祖上埋的'镇山之宝'。等我亲手打开，你们开开眼。"财主装作恭恭敬敬的样子，上前打开了石板，往里一瞧，却黑乎乎的什么也没看到。他伸手往里一摸，软乎乎的不知道是什么东西，他刚撤出手来，就瞧见瓮口里嗖嗖蹿出几条大蛇来，把老财主缠了个结实，瓮里又飞出好多蝎子、蜈蚣来，咬的咬，螫的螫，贪心的财主连声也没吭出来，就被咬死了。

后来，王老实再走过瓮山前面的时候，小松树还是那么碧绿碧绿的，大瓷瓮还放在平地上，他叹了一口气，说："留着你这空瓮，做'镇山之宝'吧。"于是，王老实把空瓮仍旧给埋在原来的坑里。从此以后，这座山就叫作瓮山。

黟山

黄帝梦想自己可以长生不老。一天，他叫来浮丘公说："我听说吃了仙丹可以长生不老。我命你给我找个能炼丹的仙境来。"浮丘公领命下去了。三年后的一天，浮丘公回来禀告说："回禀陛下，我在江南找到了一座山，山上黑石很多，我就叫它黟山了。那就是炼丹的最佳地方。"黄帝听了非常高兴，第二天他带着浮丘公、容成子等臣子就上路了。

经过半个月的行程，他们终于来到了黟山。黄帝一看，这里果真是个人间仙境：群山千姿百态，景象异常壮观，引人入胜。正当黄帝看得出神，一团云雾挡在了他的眼前。黄帝下意识地用手拨开云彩，只见这云彩顺着原路返回山洞中去了，众大臣见了无不吃惊万分。

他们往山里走，没走多远就发现了山脚下的天池。臣子俯身下去掬了一捧水，发现水还是温热的。浮丘公说道："这是天池啊!"黄帝听了就脱掉衣服，跳到池水里去了。谁知，他才泡了一会儿，就觉得浑身的筋骨更舒展了，人也好像年轻了许多。

再往前走，黄帝首先闻到了一股诱人的醇香，他想，这应该是一种浓烈醇厚的酒香，于是他命令众大臣四处寻找香味的所在。后来大臣们在一个石槽里发现了它，容成子首先用手掬了一口，大喊："这是仙酒啊!"于是黄帝和众人痛饮起来。

又过了几十天，黄帝和一行人走遍了黟山所有的山峰，终于找到了炼丹的仙境。于是黄帝让浮丘公搭造炼丹台，让容成子做成炼丹炉，其他臣子去山上砍柴，他带着几个人去寻找丹药。可是这时他们身上带的粮食已经吃完了，众臣子不愿再跟着黄帝吃苦，于是纷纷逃走了。到最后，只剩下黄帝带着浮丘公和容成子留在这山上。

再说这丹药的成分非常难找，它必须由九十九株灵芝、九十九根人参、九十九片冰薄荷、九十九颗无花果以及九十九滴甜甜的露水做成，于是黄帝在这山上昼夜寻找。他爬过了一个个陡峭的岩壁，登上了一座座险峻的山头，用了五年的时间，终于找齐了前四种成分，只是这甜露水迟迟不见踪影。

这一天，黄帝又去寻找露水。到了晌午时分，他走累了，看到桃花溪上有块平整的大石头，就爬上去睡着了。睡眼蒙眬中他看到有个白发的老人骑着白鹿，缓缓向他走来。他连忙上前施礼道："老仙翁，你知道这山中的甜露水在哪儿吗？"只见老人扔了一块方巾在他的脚下，他仔细一看，上面写着"丹井"两个大字。黄帝一喜就醒来了，他赶紧爬起来，找来斧子在大石头上打凿，经过七七四十九天，他终于在石头下找到了一口井，井里的水清凉爽口。之后黄帝带领浮丘公和容成子，将各种药捣碎，准备生火炼丹。

他们把附近山上的树都砍光了，但木柴还是不够用，于是他们又到很远的山上去砍。他们必须保证这炼丹炉里的火持续不断，于是他们有的砍柴，有的看守炉子，分工非常明确。经过三年的时间，这仙丹终于炼成了！黟山顿时发出万道光芒。

那些逃走的臣民听说仙丹炼成了，就都跑回黟山来了。只见黄帝、浮丘公和容成子吃了仙丹，都渐渐离开了地，升到天上去了。他们也想追随而去，于是在黄帝离地的一瞬，有个臣子用力一跳抓住了黄帝的腿，当黄帝升到半空的时候，将那臣子用脚一蹬，那臣子就摔到地上变成了一块怪石。后来人们为了纪念黄帝、浮丘公和容成子，就用他们的名字来命名黟山的三座山峰了。

巫山

巫山山脉位于重庆市与湖北省的交界处，北与大巴山相连，呈东北西南走向，主峰乌云顶海拔 2400 米。由于长江由西向东横切巫山，因此形成了百里巫峡。巫山地区是我国著名的暴雨区之一，雨量多，又属于石灰岩地区，在长期风雨侵蚀下，这里形成了气势峥嵘、姿态万千的座座奇峰秀峦，十二峰就是巫山峰林中最引人入胜的。不过，巫山的得名却和一位巫姓的神医有关。

很久以前，三峡的大宁河口住着一户姓巫的人家。巫家只有爷孙两人，靠采药为生。

在孙子巫咸十五岁这年，三峡一带大旱，庄稼颗粒无收，人们只能以野果、树叶充饥。在三峡地区生长着一种叫"蛇泡"的植物，果实像樱桃一样鲜红，味道十分香甜。于是很多人采来充饥，不料吃后，有人呕吐卧床不起，有人浑身长满脓疮，有人甚至中毒死去。巫咸和爷爷带着草药包，走东家，串西家，经过三天三夜的抢救，仍不见效。为此，巫咸十分沮丧：

"爷爷，难道没有能治疗的药吗？"

爷爷叹了一口气说："要是有人熊胆就好了。可是，人熊不比一般野兽，力大无比，刀枪难入，只有胸口处一块长有白毛的地方能够杀死它。"但是，由于没有其他更好的办法，想来想去，爷孙俩最终决定去猎取人熊胆。

第二天一早，两人带着猎枪走进深山老林，循着人熊的足迹，一直追到中午时分。忽然，林中传来"叽叽"两声尖叫，顿时鸟儿停止了啼鸣，野兽也静止不动，一片寂静。一阵寒风扑面而来，令人毛骨悚然，原来人熊就在眼前。这头人熊身高八尺，周身是毛，只有胸口处是一撮醒目的白毛。

爷爷忙叫巫咸躲在树后，自己双手戴上竹筒，拿上尖刀，直朝人熊走去。到了人熊面前，爷爷将双手从竹筒中抽出，紧握尖刀，猛地朝人熊胸口的白毛处刺去。谁知，爷爷这一刺并没有刺中致命处。人熊霎时大怒，猛地把爷爷抓进怀中，用力一撕。巫咸一见又气又急，连放两响火药枪，但人熊不理不睬转眼就不见了。

巫咸返回家中，悲痛欲绝，连夜磨刀，要取回人熊胆，为乡亲们治病，为爷爷报仇。第二天，他沿着人熊脚印追到了一个深谷，又看到了那个杀害爷爷的人熊。人熊听到了脚步声，号叫着从密林中走了出来。巫咸便手套竹筒，向它迎面走去。到了人熊面前，人熊一下就抓住了巫咸的双手狂笑起来，巫咸并不慌张，沉住气，用尽全身力气从竹筒中将手抽出，持刀对准人熊胸口白毛处刺去。顿时，人熊鲜血四溅，倒地而死。巫咸取出人熊胆，回到村里，果然治好了那些中了"蛇泡"毒的乡亲。

巫咸从此声名大振。不久，皇帝听说后，宣召巫咸入宫治病。巫咸用从三峡采集来的"头顶一颗珠""天麻""人熊胆""虎肝""水灵芝"等药医治好了许多病人。皇帝大喜，要留他在朝为官，巫咸推辞说药物用尽，必须回三峡采集。皇帝见挽留不住，只好放他回到三峡。

巫咸回到三峡，依旧采药为百姓治病，终身不仕。他死后，乡亲们将他安葬在三峡南岸的大山顶上。当晚，一场暴雨把大山冲出几条小沟，隔岸望去山形就像一个"巫"字，于是，人们为了纪念巫咸，便将此山叫作"巫山"。后来，连县名也改称巫山县了。

四姑娘山

四姑娘山位于四川省阿坝州小金县境内，地处邛崃山脉的中段，是横断山脉东部的最高峰，主峰海拔6250米，气势磅礴，景色壮丽。四姑娘山是由四座毗邻的山峰一字排开，分别是海拔5355米的三姑娘峰、海拔5276米的二姑娘峰、海拔5025米的大姑娘峰和高峰四姑娘峰。这四座山峰峰顶覆盖着冰雪，如同头戴白纱的四位少女屹立。在藏语里四姑娘山被称为"斯格拉柔达"，意为保护山神。在四姑娘山流传着一个十分美丽的故事。

相传很久以前，这里的日隆镇有个叫阿郎巴依的小伙子与邻寨的一位姑娘结了婚，生下四个十分美丽的女儿。四个女儿中，最漂亮的要算四姑娘，三个姐姐也十分偏爱和爱护她。

后来从外乡来了一个叫墨尔多的妖魔，他住在一个山洞里，经常为非作歹，残害生灵。尤其到夏季，他都要施展妖术，让所有的庄稼都变为泥土，使人们颗粒无收。不久，他打听到阿郎巴依家有四个漂亮的女儿，就想将她们占为自己的妻妾。他探知阿郎巴依是樟木寨的护寨人，就施魔法让天河发洪水。为了保卫家园，阿郎巴依毅然同墨尔多展开搏斗。但终因不敌，阿郎巴依在与魔王交战时死去，并丢失了让魔王害怕的日月宝镜。

四姑娘听到这个消息后十分悲痛，决心替父复仇。她走遍嘉绒地区的所有神山，请求它们教给她降伏魔王的方法；她走遍当地所有的寺庙，学习对付魔王的本领。然后四姑娘回到了日隆镇，凭着聪明和智慧，多次战胜了魔王。魔王不敢再轻易地施展妖术，日隆镇总算又安宁了。

可是魔王并不甘心，他哄骗天上的水母，让水母降下倾盆大雨，使日隆镇水涝成灾。于是，四个女儿决心铲除魔王，保卫她们的家园。三个姐姐为了保护妹妹，就把四姑娘锁在家中，自己去和魔王决斗。但是，三个姐姐最终也斗不过魔王，只好一起变成了三座大山压在魔王的身上。就在魔王施展妖法推翻三个姐姐的时候，四姑娘及时地赶到了。原来她趁姐姐们不在，偷偷离开家，并夺回了日月宝镜。只见四姑娘摇身一变，变成了一座雄伟的大山，压在了魔王的胸膛上，然后将日月宝镜往空中一抛，让所有的积雪变成了千年冰雪，将魔王冰封在雪山下。魔王终于被

彻底制服了，但是四位美丽的姑娘从此也变成了白雪皑皑的雪山。

就在四姑娘住的村子里，有个叫央青达尔吉的木匠，他的手艺远近闻名，他刻的花能开，雕的鸟能飞。央青达尔吉与四姑娘青梅竹马，互相倾慕。他常常做一些木器送给四姑娘，四姑娘也常将自己精心绣制的腰带和衣物送给他。在四姑娘与魔王搏斗时，木匠正在修建佛庙，当他听到四姑娘化作雪山后，连忙沿着长平沟往上跑，想见四姑娘最后一面。没想到，他看到的却已经是一座雄伟的雪山。看着圣洁美丽的四姑娘，央青达尔吉潸然泪下，他化作一朵圣洁的白云，飘上了四姑娘山，终日围绕在山峰上，表达着自己对四姑娘的爱。

直到今天，央青达尔吉依然守候在山峰上，因此人们很难看到四姑娘的真实面貌。除非有缘，四姑娘山峰巅上的云彩才会躲开，让人们一睹芳容。

金山和焦山

金山和焦山是镇江的两大著名旅游景点，两地风景幽绝，形胜天然。据说，这两座大山本是二郎神的外甥沉香为了救母从别处挑过来的。

相传有一年王母娘娘做寿，众神仙吃过宴席之后相继散去。二郎神和铁拐李、张果老、何仙姑、韩湘子等仙人一起走出了南天门。宴席上大家都喝了不少酒，已有些神志不清，走路都东倒西歪的。张果老年纪最大，被小辈的神仙们敬了很多酒，此时倒坐在毛驴上，身子摇摇欲坠。何仙姑走在张果老后边，见后快走了几步，上前扶住他，跟在他身旁一起走。二郎神近日被琐事缠身，酒兴不高，喝得最少，一个人默默地走在最后。

走了一段路后，二郎神发现何仙姑和张果老在前边嘀咕着什么，还时不时地回头看着他捂嘴笑。二郎神心中一阵疑惑，就快走几步赶上偷听起来。这一听，闹得他心中直冒火，原来两人谈论的是他的妹妹和凡人相好的事情。二郎神最近也听说了妹妹的一些流言蜚语，但是由于琐事缠身，没来得及当面质问妹妹。今日又听旁人说笑此事，觉得有失体面，便即刻回家，想向妹妹问个究竟。

到了家，二郎神发现妹妹已有身孕，知道旁人所说并不是无凭无据，顿时大发雷霆，一气之下就把妹妹软禁了起来。这样过了一年，妹妹生下一个男孩取名沉香。二郎神为了惩罚她，就把她关在了阴山背后，让她永远不能出来。

　　这样过去了很多年，男孩子长大了。有一天他听说自己的母亲被舅舅关在阴山，就找到舅舅询问此事，并希望舅舅能够放过母亲。但是二郎神怕妹妹痴心不改，仍不忘去见那个凡人，被众仙人耻笑，就断然拒绝了。沉香非常生气，和二郎神大吵了一架。哪知二郎神也不留情面，让天兵给了沉香四十大板。此后沉香就痛下决心，一定要潜心学习法术，日后找二郎神一决高下，救出母亲。

　　后来沉香得异人真传，武力大增。这一天，二郎神奉玉帝之命下到凡间，要除掉镇江附近的妖怪，沉香便一路跟随至此。二郎神见外甥气势汹汹地跟来，又要大打出手，没完没了，就下了狠心，忽然变成一只猛兽朝着沉香扑来。沉香也不示弱，往旁边一闪，顿时变成一把利剑，插进老虎的右眼。谁知二郎神又立时飞上天，变成了一只长着九个脑袋的大鸟，向沉香俯冲下来。沉香并不慌张，拔出宝剑一阵乱刺，使鸟羽毛散落了一地。

　　二郎神见沉香如此厉害，也不想这样相持下去，就想法子躲过打斗。忽然他看见江中有几只大船，便摇身一变，变成一条大木筏混在其他船只中间。他以为这样就不会被发现，可以万无一失了，当下松了一口气。哪知沉香穷追不舍，飞到空中仔细查看。几个来回下来，他发现那条大木筏有个大洞，就像二郎神的第三只眼睛。但他并不声张，又立即飞走了。

　　过了不久，正当二郎神以为躲过了沉香，暗自得意的时候，只觉两大片阴影朝自己身上压来。二郎神还没来得及想清楚怎么回事，两座大山已经压在了他身上，使他慢慢地沉到了海底。沉香打败了二郎神，就来到阴山背后，将自己的母亲救了出来。

　　而这两座大山，就是现如今坐落在镇江的金山和焦山。据说，它们是沉香用扁担挑过来的。而山上的两个大洞——法海洞和焦公洞，就是沉香为了方便挑山，用扁担戳下的大窟窿。

兴安岭与小班达

在我国东北边陲，有一呈东北西南走向的山系，这就是位于内蒙古自治区和黑龙江省的兴安岭。森林是兴安岭最雄厚的资源，因此这里被称为"绿色的宝库"。

古时候的兴安岭，据说不像现在这样秀丽，漫山都是森林。那时候，这里只有一些灌木，举目四望，一片荒凉。相传，在兴安岭上的一个岩洞里，曾经有一个胖喇嘛，跟一个十几岁的小班达（小喇嘛），师徒二人住在里边修行。

这个胖喇嘛心肠十分狠毒，对待小班达非常刻薄：每日天不亮就把小班达连骂带打地撵起来，让小班达给他打扫佛洞、焚香上供、挑水生火、烧茶做饭。做完了这些活，只给小班达少得可怜的一点点残茶剩饭，催他赶快吃了，然后就撵他出洞，去野外拾柴。等到晚上，当小班达筋疲力尽地背着柴草返回山洞的时候，胖喇嘛还得让他做这干那。有时嫌柴拾得少，就把小班达打得死去活来。

有一天，小班达照常到山上去拾柴，觉得肚子饿了就想要寻找一些能吃的野草充饥，东寻西找地向远处走去。他转来转去，不知走了多远，来到了一个陡峭的山崖边。他向下看去，只见有一条令人目眩的奇异的深洞出现在山下。小班达困惑不解地想：

"我来到山上拾了这么多年的柴，怎么一直没有见到这条幽深的山洞呢？"他再朝下望去，只见有一座小庙隐隐约约地坐落在山洞里，一群群山雀从庙里飞出又飞进。

看到这种情景，小班达暗自思忖："看那些雀鸟在那里飞出

飞进的样子，说不定在这条山涧里能找到可吃的东西！"于是，他就壮起胆子，顺着那个山崖，朝深涧里爬下去。

当他艰难地爬到半山腰的时候，突然，山涧里刮起了一阵狂风，把小班达从半山腰直向万丈深渊抛去。说也巧，当他被狂风抛向山涧时，他身上披的袈裟唰地被风扯开了，小班达就像生了翅膀一样，就这样飘飘荡荡地坠下了深涧。

不知过了多久，小班达才从昏迷中醒来，睁眼一看，他正好躺在小庙的门前。他定了定神，站起身来，推开庙门向里走去。

小班达走进庙里仔细打量，他看到正面有一个石桌，石桌上面有一个像碗一样的东西，里面盛着一把炒米。一看有吃的，他

就不顾一切地捧起那个东西，把里面的炒米全都倒进嘴里。说也奇怪，当他咀嚼完那一把炒米，一看碗里面竟然又生出了一把炒米。于是，他就一口接着一口地吃起来，一直到吃饱为止。最终，还是有一把炒米留在碗里。

小班达一看这种情形，心想，这可真是件宝贝呀。于是，他便赶紧将那个宝碗揣进怀里，走出了庙门。当他走出庙门，还没等他向山洞的陡崖上攀爬，突然，他的身子变得轻如鹅毛，好像有什么东西从上边提他似的，向上飘了起来。刹那之间，就飞离深涧，回到了他居住的山洞附近。

这时，夕阳西下，已经将近黄昏，四野俱静。只听见师父那雷吼般的怒骂声不断地从洞口传来。小班达恐怕被师父夺去宝贝，便就地挖了个坑，慌忙掏出怀里的宝碗埋进坑里，然后拔了一棵小松树插在上面做标记，便飞也似的向洞里跑去。

胖喇嘛一看徒弟走进山洞，便暴跳如雷地骂道：

"你好大的胆！玩了一天，不但没拾回一根柴火，竟敢到这么晚才回来……"他不住地骂着，还把小班达按倒在地，不由分说，拿起一根结实的柳条，把小班达打得皮开肉绽，一直罚他跪到半夜，然后才放他去睡觉；第二天清晨，小班达忍痛起身，照常干活。当他走出洞口向外一看，啊，这一夜之间起了多么大的变化呀！四周山上，一直到洞口前，全都长满了高大的松林，连兔子走的小径都找不到了。小班达暗想："这不正是自己逃脱苦海的好时机吗？"于是，他便侧着身子，左转右拐地钻出了密林，经过几天几夜的奔波，终于平安地返回了家乡，跟亲人们团聚了。

再说胖喇嘛那天夜里因打小班达睡得太晚，直睡到第二天中午才懒洋洋地爬起床来。他一看小班达不在洞里，便大声呼喊。可是吆喝了好几声也不见小班达答应，他只好出洞去寻找。当他走出洞门一看，只见漫山遍野全长满了松林，小班达早已无影无踪、不知去向了，他挣扎着想要钻出密林去搜寻小班达，可是由于他体大身肥，怎么挤也挤不出去。最后，终于饿死在山林里。

从那时候起，兴安岭就像铺上了层层的云彩一样，漫山遍野长满了苍松翠柏，变成了一个名副其实的林海。

梵净山

梵净山位于贵州省印江、松桃、江口三县交界处，海拔2572米，主峰金顶在印江境内。梵净山不仅风光秀丽，还是佛教圣地，"梵净"二字，即含佛家超凡脱俗之意。自明万历年间开始，这里建梵刹庙宇，凿朝山便道，成为与峨眉山、五台山、普陀山等齐名的佛教名山。

不过，在当地的民间传说中，在很早以前梵净山叫鹋鹋峰。这是因为山峰上住着一种叫鹋鹋的鸟。传说中，鹋鹋鸟有一丈多高，翅膀展开有两丈多阔。鹋鹋鸟凶恶无比，横行霸道，山上的动物都害怕它，为此娃娃鱼躲在山脚溪沟里，金丝猴悄悄藏在老林里。

　　鹅鹳峰对面的山上住着一对善良的凤凰夫妇，因而山就被称为凤凰山。两山南北相望，相距不过十里路。凤凰夫妇学得一些医术，常常下山给人看病，他们治一个好一个，但从不收钱。凤凰夫妇的名气越传越远，连湖南、湖北的人也大老远地跑来求医，山下苗王沟的苗家人和凤凰夫妇结下了深厚的感情，过端午节时，都要接凤凰夫妇到家里做客。美丽的苗家姑娘唱上两支优美动听的歌；热情的阿妈端出热气腾腾的糯米粑；好客的大爹捧出香喷喷的牛角酒，款待凤凰夫妇。凤凰夫妇也接苗家人到他们家里做客，办上最好的饭菜作招待。凤凰山附近还住着一对岩鹰，与凤凰夫妇经常往来。有一回岩鹰夫妇病了，凤凰夫妇为他们治病，救了他俩的性命。岩鹰为此很感激凤凰夫妇。

　　鹧鸪看到凤凰夫妇深受人们的爱戴，心里很不是滋味，他决计要赶走凤凰夫妇。于是，鹧鸪找来九头鸟、天狗鸟、夫妻鸟等几位恶鸟商量，他们当然表示支持鹧鸪。鹧鸪又找到岩鹰，起初岩鹰不答应，但是经不住鹧鸪的恐吓诱骗，最后也同意协助鹧鸪赶走凤凰。

　　一天，这些恶鸟趁凤凰夫妇出门给人看病的机会，一起跑到凤凰山，砸烂了凤凰种下的庄稼和药草，捣烂了房屋，放火烧了凤凰山。金丝猴看见了，跑去告诉了凤凰夫妇。当凤凰夫妇赶回来，看到家园被毁，十分气愤，决心为民除害。只见他俩展翅腾空，用翅膀一扇，天昏地暗，接着凤凰就向恶鸟们扑去。鹧鸪与凤凰斗了几个回合，见不是对手，吓得魂飞天外，两眼发黑，一头撞在蘑菇岩上，粉身碎骨，被一阵狂风刮到了山下的恶人坑。狡诈的岩鹰见大事不妙，连忙逃跑，听到背后传来凤凰的怒骂声：

　　"你这个忘恩负义的家伙，看在过去我们是邻居的份儿上，饶你不死。"岩鹰感到十分羞愧，就躲到老金顶一块孤零零的高岩上筑巢安家。后来，人们把那里叫老鹰岩。

　　从此以后，鹧鸪峰变得安宁清静，花草树木日渐繁茂，飞禽走兽都从峨眉山、黄山跑到这里来了。又不知过了多少年，来了个老和尚，在鹧鸪峰修庙，并将此山改名为"梵净山"，意思是清静的佛山。

玉龙山

相传古代的丽江一带是一片湖泊，人们住在湖岸上，生活得悠闲自在。谁想有一年，玉龙山来了个旱妖。这妖精放了八个火太阳在天上，从此之后，人间就没了黑夜，大地被烤得裂了缝，河流和湖泊里的水也被烤干了，树木和庄稼都被晒死了，人们躲在屋子里不敢出来。

附近村子里有个叫作英古的姑娘，她聪明勇敢，健壮美丽。她受够了旱妖的折磨，就下决心找到东海的龙王，请他来解救受难的乡亲们。为了防晒，英古拔掉已经被晒死的小鸟的羽毛，做了一件"顶阳衫"披在身上，向着东海跑去。

这一路上，英古不畏艰险，她爬过了一百多座大山，涉过一百多条河流，终于来到了一片一望无际的海滩上。但是面对着滔滔江水，英古犯了难，怎样才能找到龙王呢？这水上又不可能开出一条路来。想着想着，她就在海边唱起了歌：旱妖祸害人间，把八个火太阳挂上天。求龙王开开恩，救救受苦受难的人们！英古一遍一遍地唱着，只希望龙王能够听见。

这天，正巧龙王的三太子到海面上玩，他听到英古的歌声深受感动，于是他化身为英俊的青年走到英古身旁，想进一步了解情况。谁知两人越聊越投机，并渐渐喜欢上了对方。之后三太子向英古诉说了自己的身世，并送给她一枚能够避水的宝戒指。英古高兴极了，心想这下能够见到龙王了。

三太子带着英古进入龙宫见龙王。龙王和旱妖本来就是死对头，他又听英古说旱妖正在人间作怪，顿时火冒三丈，于是派三太子携带雨水，立即同英古回家救灾。三太子驾上祥云，带着英古飞上了天，只一转眼的工夫，他们就回到了英古的家。

此时大地被烤得四处冒烟，空气中满是烧焦了的味道，三太子见了这触目惊心的惨状，不禁流下泪来，于是他赶紧作法，布云行雨。一转眼的工夫，天空中布满了乌云，接着雷声不断，天上下起了瓢泼大雨。乡亲们见下了雨，纷纷从屋子里跑出来，他们手拉着手，在雨地里唱起了欢快的歌，好不快活。三太子和英古见了，高兴得抱在了一起。

正在这时，旱妖出现了，他见天上下起了大雨，气得大声吼叫起来。三太子对旱妖恨之入骨，他忙从口里吐出大水朝着旱妖喷去。旱妖见三太子来势凶猛，斗不过他，于是转身逃到自己早已设好的陷阱旁。然后旱妖试图用激将法将三太子吸引过来，他说："区区龙王的三公子，能把我怎样！倘若你敢过来，看我不把你烧死！"三太子年轻气盛，忙答道："好吧，你个妖怪，看我不把你淹死！"他说着就冲了过去。只听"哐当"一声，三太子掉进陷阱里去了。旱妖见了忙堵住洞口，并发出了奸诈的笑声。

英古见三太子被困，就披上顶阳衫，和旱妖打斗起来。他们一连打了九天，英古耗费了全部的体力，汗也流干了，最后被累死了。碰巧这时一个神仙路过，他见姑娘累死在地，旱妖在人间肆虐，于是动了恻隐之心，就用雪做了一条龙和旱妖搏斗。只见这雪龙一张嘴就将天上的八个火太阳吞进了肚子里，之后他吐了个雪圈将旱妖团团围住，旱妖只挣扎了两下就被冻死了。最后雪龙将旱妖压在了身子底下，令他永不能翻身。日子久了，这雪龙就变成了一座高峰，就是如今的玉龙山。

双女峰

传说在东汉时期，在一条小溪附近住着一对很好的朋友。他们一个叫刘晨，一个叫阮肇，两人都很善良，乐于助人。他们以采草药为生，日子过得悠闲自在。有一年，村子里的人不知为何，得了一种心口疼的毛病，疼起来几天都不见好。刘晨和阮肇听人说，在几百里以外的天台山上，有一种叫作"乌药"的药专治心口疼，为了能帮助村子里的人解除病痛，两人就结伴到天台山去了。

他们一大早就上了路，到了傍晚走到了一座大山前。而要到天台山就一定要翻过山去，两人又饿又累，就决定休息一晚再走，于是找了个山洞就睡下了。他们一觉醒来，已是第二天的正午，两人觉得很饿，就四处寻找，看看有没有什么野果子可以充饥。他们爬上了一个小山坡，猛然被几道光刺痛了眼睛，仔细一看，原来是半山腰上长了一棵桃树，桃树上结满了红彤彤的桃子。两人很高兴，快步爬上了山腰，在悬崖边摘了几个桃子吃了。说来也怪，几个桃子下肚，两人感觉神清气爽，一日的奔波

　　劳累已不知去向。于是他们轻松翻过了那座大山，哪知又一座大山挡在眼前。两人稍作休息，又很轻松地爬过了第二座大山。

　　翻过第二座山，他们又被一条很深的河流挡住了去路。两人无法，只得坐下来，想想有什么办法可以过去。正当他们发愁的时候，河对面出现了两个身着彩带的姑娘，只见她们身上的彩带瞬时变得又宽又长，在河上弯成了一座桥的形状，接着从对面传来姑娘的喊声，意思是让他们过去。两人起初都很犹豫，彩带那么轻盈，能踩上去过河吗？但是两人没有别的办法，也只得遵照姑娘的意思走了上去。谁知那彩带如石桥一样坚固，可以很稳地走在上边。于是两个青年顺利地过了河。

　　走过了河，两人对两个姑娘很是感激，知道她们并非凡人，就问起了她们来到这里的原因。原来两个姑娘是天庭管理王母娘娘蟠桃园的仙女，因为王母娘娘也有心口疼的毛病，于是命她俩守在这里，看管乌药。而她们就住在不远处的桃源洞里。

　　刘晨和阮肇知道乌药就在附近，很是高兴，就求两位仙女赠给他们一棵，好回去救助那些百姓。两个仙女犹豫了一下，就答应了，但是有一个条件：请他们在这里居住一段时间，为她们讲解采草药的常识。两青年大喜，很痛快地答应了。

　　于是他们两人在桃源洞住下，每天都有仙女陪伴，还可以吃上美味佳肴，生活得好似神仙。大概半个月后的一天，刘晨和阮肇觉得时间够久了，而采草药的知识也传授得差不多了，就向两个仙女告别回到了村子里。

　　他俩回到村子里，惊奇地发现，一切都变了样子，而村子里的人他们也不认识了。一打听，才知山中半个月，人间已经过去了一百年。他们便把那棵草药种到了药圃里，不过半天的工夫，就长出了一大片。两人便把乌药发给那些心口疼的人，人们吃了乌药康复得非常快。从此以后，天台山上的乌药便闻名遐迩了。

　　这样过了一段时间，刘晨和阮肇想回到桃源洞看看仙女们。哪知他们到了以后，发现桃源洞旁多了两座山峰，而仙女已不知去向。原来，两个仙女因为和凡人来往被王母知道了，王母娘娘大怒，就将她俩变成了山峰。如今我们所说的"双女峰"就是她们了。

天柱峰

　　传说在很久以前，中原的南部是太上老君管辖之地。他见此地是一片一望无际的火海，就叫天庭管理河流的将领水公把大火扑灭。于是，水公舀了一瓢天河水，往下一泼，火立刻灭了，现出一片光秃秃的大地。而平原的中央耸立着一座高入云端的大山，就是传说中的天柱峰。水公见此山超凡脱俗，独一无二，想来是座难得的仙山，就在此山山顶居住下来。日子一久，人们便知天柱峰有个神仙，路过此地的文武官员都会下轿下马，行礼问好。

　　这一天，有个又黑又瘦的小老头赶着小毛驴来到天柱峰下，他只顾坐地休息，根本没有向水公行礼的意思。水公见了大怒，心想，这个老头真是不知好歹，看我不给他点颜色看看。于是他用手甩出一滴水，向山下抛去。哪知老头轻松躲过了那滴水，水滴落到地上竟然砸了一个大坑。只听那老头笑着说道："水公啊，你真是有眼无珠，自不量力，竟然有本事戏弄起老翁来了！只怕这宝地也不是你久住的地方，真武大帝即将到此，识趣些就赶快腾出地方来吧。"也不等水公反应，老头便从搭在毛驴身上的口袋里掏出两把小石头，而小石头刚一落地便迅速变大，一眨

眼就变成了七十座山峰，把天柱峰包围在其中，那形势就如众星捧月，颇为壮观。水公见了大吃一惊，正想施礼，发现老人已无踪影。仔细回味老人的装扮，想起此人定是久居凡间的仙人张果老，当下追悔莫及。他心里虽然对这座仙山不舍，也只得一心等待真武大帝的到来，好将仙山亲自让给他。

再说真武大帝，腾云驾雾，一路寻找落脚安家的仙山，虽说途中也碰上过几座高耸入云的大山，但都不能使他满意。这一天，他寻山无果，便坐在山下休息。忽然一个骑着毛驴的小老头来到他身边，告诉他说："老翁是张果老，奉玉帝圣旨为你安排安身之所，现已走遍天下，发现中原南部的天柱峰是为上选，便从各地选了七十二峰运往此地，以作守护天柱峰之用。如今还有两座没有运到，老翁即刻就去，你先去天柱峰住下吧。"

真武大帝连忙谢过张果老，驾起云头便往中原南部方向去了。刚到天柱峰，他就被眼前雄伟壮观的奇峰所吸引。为了察看此峰是否经得住外力的侵袭，他就在峰下用力跺了三脚，只听山中回应了三声巨响，而天柱峰却纹丝不动。真武大帝当下大喜，不禁连连赞叹。

水公听到巨响连忙跑出来，见所来之人披发赤足，不像是帝王模样，也就没放在心上，漫不经心地问道："所来何人？不知本公在此吗？"真武大帝连忙报上姓名，说想借此地一住。水公见是真武大帝到此，本想腾地方的，又见他如此谦恭，转念一想，何不与他共居此地呢？当下便说："本公在此等候你多时了。听张果老吩咐，你要来此地居住。如今你来了，就自己选地方住下吧。"

真武大帝见水公这样对待自己，很是生气，但是表面上不动声色地说："我只要八步大的地方就足够了。"水公听了很高兴，痛快地答应了。真武大帝便背着手，沿着天柱峰转起圈来，走完正好八步。水公当下便知道了真武大帝的厉害，连忙说道："真武大帝果然功力不凡，本公刚才只是说笑，这天柱峰就让与你居住了。"真武大帝听完就驾上云头，拔出宝剑，奋力一砍，只听"嗖"的一声巨响，天柱峰的山头落在了山脚下，真武大帝笑着对水公说："你开山有功，这山头就让给你了。"水公心里虽然不舒服，也只得谢过。

由于是真武大帝坐镇的仙山，后来的人们便将它取名为"武当山"，而那个小山头便被相应地称为"小武当"了。

立鱼峰

柳州有个鱼峰山，山下有个小龙潭。

终年四季歌不断，都是三姐亲口传。

这一首流传在柳州的民间歌谣，不但真实地反映了柳州山歌的源远流长和它广泛的群众基础，而且也是刘三姐与鱼峰山历史渊源的写照。鱼峰山和小龙潭，相传是刘三姐传歌和成仙的地方，现在山上尚有对歌坪、三姐岩、麻篮石等遗址。

相传唐代，在罗城与官山交界，有个美丽的小山村。村中有一位叫刘三姐的壮族姑娘，她自幼父母双亡，靠刘哥抚养，兄妹二人以打柴、捕鱼为生，相依为命。三姐不但勤劳聪明，纺纱织布是众人夸赞的巧手，而且长得宛如出水芙蓉一般，容貌绝伦。她还尤其擅长唱山歌，她的山歌闻名遐迩，故远近歌手经常聚集其村，争相与她对歌、向她学歌。

刘三姐常用山歌唱出穷人的心声和不平，故而触犯了土豪劣绅的利益。当地财主莫怀仁贪其美貌，欲占为妾，遭到她的拒绝和奚落，便怀恨在心。莫怀仁企图禁歌，又被刘三姐用山歌驳得理屈词穷。莫怀仁又请来三个秀才与刘三姐对歌，又被刘三姐等弄得丑态百出，大败而归。莫怀仁恼羞成怒，不惜耗费家财去勾结官府，咬牙切齿欲把刘三姐置于死地而后快。为免遭毒手，三姐偕同哥哥在众乡亲的帮助下，趁天黑乘竹筏，顺流沿天河直下龙江后入柳江，辗转来到柳州，在小龙潭村边的立鱼峰东麓一小岩洞居住。

据说来到柳州以后，三姐那忠厚老实的哥哥刘二心有余悸，怕三姐又唱歌再招惹是非,便想方设法来阻止。一天,他终于想出了个办法,从河边捡回一块又圆又厚的鹅卵石丢给三姐,说:"三妹,用你的手帕角在石头中间钻个洞,把手帕穿过去!若穿不过去就不准你出去唱歌!"接着铁青着脸一字一顿地补充道:"为兄说一不二,绝无戏言。"

先还是甜甜微笑的三姐，看着哥哥的满脸愠色，哪里还敢像往常那样据理争辩，拾起丢在面前的石头，暗忖道："我又不是神仙，手帕角怎能穿得过去？"她下意识地试穿，并唱道："哥发癫，拿块石头给妹穿。软布穿石怎得过？除非凡妹变神仙！"

"管你是凡人也好，神仙也好，为兄一言既出，绝不更改！"哥哥像是吃了秤砣——铁了心。心想：这一招够绝吧，还难不倒你？

谁料三姐凄切婉转的歌声直上霄汉，传到了天宫七仙女的耳里。七仙女非常感动，恐三姐从此歌声失传，于是施展法术，从发间取下一根发簪甩向凡间刘三姐手中的石块，不偏不歪，把石头射了一个圆圆的洞。三姐无意中见手帕穿过石头，心中暗喜，张开甜润的嗓子：

哎……穿呀穿，柔能克刚好心欢。
歌似滔滔柳江水，源远流长永不断！

从此，刘三姐的歌声又萦回立鱼峰山顶、树梢，慕名来学歌的、对歌的连续不断。后来，三姐在柳州的踪迹被莫怀仁得知。他又用重金买通官府，派出众多官兵将立鱼峰团团围住，来势汹汹，要捉杀三姐。小龙潭村及附近的乡亲闻讯，手执锄头棍棒纷纷赶来，为救三姐而与官兵搏斗。三姐不忍心使乡亲流血和受牵连，毅然从山上跳入小龙潭中……

正当刘三姐纵身一跳的时候，忽然狂风大作，天昏地暗。随着一道红光，一条金色的大鲤鱼从小龙潭中冲出，把三姐驮住，飞上云霄。刘三姐就这样骑着鱼上天，到天宫成了歌仙。而她的山歌，人们仍世代传唱着。

雁荡山夫妻峰

　　相传在很久以前，雁荡山的合掌峰下住着一个赵姓的天官，他有个独生子名叫小郎，相貌奇丑，麻面、癫头，还跛脚。这一年他长到了二十二岁，到了婚配的年龄，父亲便给他张罗婚事。赵天官本想给儿子找个相貌一般的女孩子娶过来，这样女子也不会太过嫌弃小郎。但小郎却不自量，非要娶个既门当户对又貌美如花的女子不可，赵天官只能派人到处打听。这一日，手下打听到张将军有个独生女，名叫素贞，芳龄十八，琴棋书画样样精通，且有沉鱼落雁、闭月羞花之貌，于是找到当地颇有名气的李媒婆前去说亲。这李媒婆可不一般，练就了一张巧嘴，能把黑的说成白的，经过她的一番花言巧语，把小郎描述成了这世上最好的男人。将军听了自然欣然答应，与李媒婆商量，择定十月十日的良辰吉日，把女儿嫁过去。

　　赵天官见婚事谈成了，自然非常高兴。但转念一想，儿子拜堂之时，必定要露出相貌，到时素贞看到儿子的丑相，必定不从，儿子的婚事肯定泡汤。李媒婆见天官此时愁眉不展，想到定是为拜堂之事发愁，当即上前询问是否为了此事，并献上李代桃僵之计，说到时生米煮成熟饭，将军后悔也来不及了。再说，天官的职位在张将军之上，即便张将军知道被骗，也敢怒而不敢言，此事也将不了了之。天官一听很有道理，为了儿子也不管许多，便赏了李媒婆很多银子，随后又叫来外甥王聪明前来商议此事。王聪明不光人长得俊朗，还有诸多才艺，但从小父母双亡，寄居在舅舅家中。王聪明听了舅舅的意思，觉得此事是个骗人的勾当，本不想答应，但是仔细掂量，为了不辜负舅舅的养育之

恩，也只好照办。

到了十月十日这一天，赵府上下一派喜庆。赵天官还请了很多亲友前来赴席，亲友们都在称赞这对新人是"郎才女貌"的好夫妻！

夜深了，客人纷纷散去，赵府慢慢地静下来。新娘坐在床沿上，偷偷地看了新郎一眼，见他长相俊朗，就萌动了芳心。但是新郎并不看她，只是对案读书。素贞起初觉得是新郎太过腼腆，但是到了三更之时，素贞困得睁不开眼，见新郎还是手不释卷，心里就打起了鼓。但是刚过门的新娘子若是开口催新郎上床，是件难以启齿的事情。还好素贞学识渊博，她灵机一动，走到窗前装作欣赏不远处的犀牛峰的样子，说道："犀牛不吃草，光看月亮圆。"新郎听了自然明白她的意思，觉得新娘是个有才的女子，下意识地抬头偷看了她一眼，见此女子真是貌若天仙，不禁轻叹了一口气，站起身走到另一个窗口，装作欣赏不远处的金鸡峰和渡船岩的样子，说道："五更金鸡叫，渡船快快摇。"意思是五更一过，他这个假新郎就要离开了。但是素贞怎能领会这些呢，她还以为新郎在催她睡觉呢，素贞只好和衣自己睡下了。王聪明待她睡着，怕她受凉，就替她盖好被子，离开了洞房。

这时，小郎在外边已经等不及了，见王聪明出来，他就急匆匆地跑了进去，挨着素贞旁边睡下了。等到天大亮之后，素贞睁开蒙眬的睡眼，侧头一看，发现自己身边睡着的人是个面貌十分丑陋的人，吓得大叫起来。她立即跳下床去，大声喝道："你是谁，竟敢闯进洞房里来！"小郎只好把事情都交代了，说完就跛着脚向素贞走去，素贞吓得赶紧跑出洞房，直奔父亲那里去了。

将军听了女儿的哭诉，气得直瞪眼，立即跨上宝马，一路狂奔，杀气腾腾地进了赵府。天官见来者不善，赶快从后门逃跑了。但是将军哪肯善罢甘休，他紧紧追赶，结果天官被赶到了果盒桥外，回不去了。但是天官虽然受到了惩罚，但是素贞和王聪明却没在一起。最后据说是观音菩萨发了慈悲心，使有情人终成眷属，将两人化作了一座永不分离的夫妻峰。

得马河的故事

长白山铁壁峰东有条小河，名叫得马河，还有一个俗名叫赶马河。据说这里是清太祖努尔哈赤与明朝巡抚王化贞驻兵交战的古战场。

明朝末年，巡抚王化贞带领三千多兵马来到赶马河边，准备进剿后金。时值腊月二十三，正是北方祭灶过小年的日子，因此王化贞下令明兵停止前进，就地搭好帐篷，支锅立灶，设宴摆席，犒劳将领和军士们。明朝将士们认为努尔哈赤的大军驻在天桥岭东，距离赶马河还有很远的路程，因此也就放心地歇息了。战马跑了一天，又饿又渴，明军就把马散放在河边喝水吃草，然后自己集聚到帐篷里开怀痛饮。

努尔哈赤听侦探报告明兵驻扎在赶马河边后，暗自盘算：正好我们需要良马，何不趁机去偷袭明营，夺得马匹？于是，他当即决定亲自带领小股部队连夜偷袭明兵营寨。当努尔哈赤头戴盔甲，身挎战刀，从帐房里出来时，忽见月如白昼，心里格外高兴，对将领们说道：

"年底月亮本该暗淡无光，可是今晚月光明亮，可见是老天帮助我们打胜仗。"

努尔哈赤亲自挑选了五百余名精兵强将抄近道，于午夜时分来到了赶马河南岸。只见明军的数千匹战马在河北岸散放着，并无一人看管。努尔哈赤指派一名将领带着五十名军士，悄悄地过了赶马河，将马群赶到河南岸。努尔哈赤见没费一刀一枪，没伤一兵一卒就得了这么多良马，心中大喜，立即下令收兵回营。

不料，就在努尔哈赤一队人马走出五里多地后，王化贞发觉战马不见了，于是率大队人马追了上来。后金军士们看两方力量相差悬殊，心里惊恐不安，准备弃马逃跑。可是，努尔哈赤下令要和明兵决一死战。只见他心不慌，气不馁，冷静地把将领和兵士们分成两队，一队是两名将领带着一百余名军士继续赶马回营，另一队由努尔哈赤带领四百余名军士埋伏在追兵必经的大道两旁，准备打一个伏击战。

眼看着明军进入了埋伏圈，一件奇怪的事发生了。原本晴空中没有一丝云彩，可这时却刮起狂风。北风呼啸，寒冷刺骨，明兵冻得浑身直哆嗦，哪里还顾得上追击。只见明兵不再往前追赶，开始掉转头向回走了。这正中努尔哈赤下怀，于是他一声令下，早已埋伏好的军士们冲了过来，三面夹击，打得明军措手不及，乱作一团，只顾夺路逃命，最终明军大败而退。

努尔哈赤胜利而归，率领兵马回到大本营后，清点了一下掠来的战马，大约有两千匹。到了天亮时，明军因战死和逃跑扔下的马，又跑来了二百余匹。由于这一仗收获颇丰，后金军心大振。因而，努尔哈赤把赶马河改名为得马河。

洛河的故事

发源于陕西洛南灌举山的洛河，东过熊耳，流经河南卢氏、洛宁、宜阳，在洛阳以东汇合伊河后，东北经巩义市神堤注入黄河，全长453公里，流域面积为12000多平方公里。洛河水清，严冬不冰，故谓之"温洛"。古时，洛水纳伊、涧诸水后，流量大增，颇富航运之便，而著名古都洛阳就因位于洛水之北而得名。不过，洛水在中国历史上不仅是因洛阳而著名，更因为三国时期著名文学家曹植的一部《洛神赋》而享誉。

　　《洛神赋》是依照流传在洛河两岸一个脍炙人口的故事创造而成。

　　传说宓妃原是伏羲氏的女儿，因迷恋洛河两岸的美丽景色，降临人间，来到洛河岸边。那时，居住在洛河流域的是一个勤劳勇敢的部族有洛氏。宓妃便教给有洛氏结网捕鱼，还把从父亲那儿学来的狩猎、养畜、放牧的方法也传授给了有洛氏。

　　这天，部落的百姓在劳动之余，宓妃拿起七弦琴，奏起优美动听的乐曲来。这悠扬的琴声传到远方，为黄河里的河伯听到。河伯为这优美的乐曲打动，便潜入洛河想一探究竟。当他看到宓妃时，一下子就被宓妃的美貌所吸引。于是，河伯化作白龙，在洛河里掀起滔天巨浪吞没了宓妃。

　　宓妃被河伯押入水府深宫，离开了她所热爱的土地与人民，终日郁郁寡欢，只好用七弦琴排遣愁苦。循着这悲凄的乐曲，天神后羿找到了宓妃。原来，善射的后羿因射杀了天帝的九个儿子，与妻子一同被贬往人间。后来，妻子嫦娥偷吃仙药，一人返回天宫，只剩后羿独自一人留在人世间。后羿听说宓妃的遭遇非常气愤，遂将宓妃解救出河伯的深宫，同回有洛氏部族，并与宓妃产生了爱情。河伯本来就因为宓妃对他不理不睬而十分恼怒，当他听说后羿、宓妃之间产生恋情后，便再次化作白龙潜入洛河兴风作浪，吞噬田地、村庄和牲畜。后羿为此怒火填膺，举箭射中了河伯的左眼，河伯只得仓皇而逃。

　　河伯自知不是后羿的对手，便跑到天帝那儿去告状。天帝早就知道了所发生的一切，因而并不偏向河伯，河伯只好灰溜溜地回到水府。从此，后羿与宓妃这对情侣便在洛阳居住下来，过上了美满幸福的生活。后来，天帝封后羿为宗布神，宓妃为洛神。为纪念宓妃给洛河两岸人民带来的福祉，人们在洛阳老城的东关

兴建了一座宏伟的"洛神庙"。

后来，曹植与甄妃相恋，曹植便借洛神的典故，写成《洛神赋》，赞美后羿与宓妃的爱情，特别是其中对宓妃美貌的描写，表明了他对甄妃的爱慕。

黑龙江的来历

相传，在很早以前黑龙江不叫黑龙江，而叫白龙江，那是因为江里住着一条凶恶的白龙。后来，为什么又叫黑龙江了呢？这里面有一个故事。

很久以前，山东有一户姓李的人家，只有兄妹二人相依为命。一天，哥哥出远门了，妹妹李姐到海边洗衣服，因为天气太热，她不知不觉在海滩上睡着了。醒来后，她感到肚子很疼，忙收拾起衣服回家。谁知此后，李姐的肚子一天天大起来，到了第二年的春天，生下了一条小黑龙。李姐虽然很害怕，但毕竟是自己的孩子。她每天给小黑龙喂奶，小黑龙吃饱了就不见了。再以后，小黑龙只是每天晚上回来吃奶，吃饱了就出去。

　　不久，李姐的哥哥回来了，很快就知道了这件事。于是，他偷偷地藏起了一把刀，当晚上小黑龙又回来吃奶时，他突然举起刀狠狠向小黑龙砍去。只见一道火光闪过，屋里响起了一声炸雷，小黑龙飞出去不见了，地上只留下了一段被砍下的龙尾巴。李姐见此情景，心疼得哭了起来。

　　因为小黑龙生在李家，又被舅舅砍断了尾巴，所以大家都叫它"秃尾巴老李"。秃尾巴老李被舅舅砍伤以后，谁也不知道他

跑到哪里去了，很久都没有消息。

又是一年的春天。一天，住在白龙江边的老船夫正在做饭，忽然走过来一个穿黑衣的小伙子，想在老船夫的草棚里借宿一夜。老船夫很喜欢这个又黑又壮的年轻人，连忙说：

"住下吧，等我做好饭，咱们一起吃。"

第二天小伙子要出去办事，老船夫约他晚上还回来住。小伙子答应了一声，就顺着江边向东走了。本来天气很好，可小伙子走了不久，只见东边山上的天空突然阴云密布，雷鸣电闪。到了太阳快落山的时候，东边的天空仍然一会儿黑，一会儿白。忽然，一团云落在江面，黑云也不见了。

天快黑了，老船夫又开始做饭。他想，小伙子昨天把我准备吃三天的饭都吃掉了，今天出去了一天，不吃饱怎么行呢？于是他做了更多的饭菜等小伙子回来。黑小伙回来后，一口气又把饭吃光了。晚上临睡前，老船夫见小伙子直叹气，就安慰他不要发愁，还说他明天可以再去买米，这江边住的人也都会帮助他的。小伙子却说："一顿饭吃饱容易，顿顿吃饱难啊。"

说着说着，老船夫迷迷糊糊快要睡着了。忽然他听见有人在他耳边说："我是一条黑龙，家住在山东，人们都叫我秃尾巴老李。自从被舅舅砍了一刀后，一直住在东海。我常常听到北方有哭声，后来才知道是白龙江里的白龙作怪。他年年兴风作浪，淹死百姓，冲走庄稼。今天，我在东山和白龙打了一仗，把白龙打败了，他约我明天中午再战。白龙的家在这里，他饿了有吃的。我是从远处来的，饿了没吃的，怎么能打败他呢？这就得求您帮助我。明天中午我和白龙打仗时，您站在东山顶上，见到江里黑水翻上来，就往江里扔吃的；看见白水翻上来，就往江里扔石头。这样，我就可以把白龙赶走了。"

老船夫听到这里，猛地坐起来，只见窗外天已经亮了，黑小伙也不知去向了。他走出草棚，看见附近的伐木工人们议论纷纷。原来，他们都做了和老船夫一样的梦。于是，大家决定一起帮助秃尾巴老李。他们蒸了好多大馒头，又准备了许多石头和石灰，一同上了东山。

中午刚过，天忽然暗了下来，只见江面上黑白两股水搅在了一起，发出"呼啦呼啦"的巨响。大家看见黑水翻了上来，就连忙扔吃的，高喊："秃尾巴老李，我们早来了。"看见白水翻上来，就把一筐筐石头扔下去，骂道："凶恶的白龙，快滚开！"经过一阵厮杀，忽然一股白烟腾起，一会儿就消散了。江面上，黑色的江水平静地向东流去。

那天晚上，黑小伙没有回到老船夫那里去。第二天一早，老船夫正要去南山开荒，一开门，看见黑小伙站在门外，笑嘻嘻地说："你歇歇，我去吧。"说完就走了。老船夫忽然想到，小伙子没有带工具，就拿起镐头送到了南山。到了南山，只见一条没尾巴的黑龙正用头上的角推倒大树，已经开出了一大片荒地。老船夫想，这一定是秃尾巴老李了，就悄悄地回去了。

黑小伙回来后，知道老人已经看出来了他本来的样子，就说："以后我不再来了。那块地你种点儿菜，剩下的让大家种庄稼吧。告诉大家，以后我来管这条江，再不让江水伤害老百姓了。大家什么时候有困难，就来找我吧。"说完，黑小伙就不见了。

人们为了纪念为民除害的"秃尾巴老李"，就把这条江的名字改成了"黑龙江"。

牡丹江的故事

据说，在很多很多年以前，有一条大蟒蛇居住在长白山上。这家伙身长有十几丈，像盛水的大缸那么粗。它仗着身大力强，净做伤害人的事。走路故意卷起狂风，把树木刮倒、庄稼刮平，把人和牲畜抛上天空，然后掉下摔死。更可恨的是，它把长白山附近的水都喝干，看到天池里的水喝不干，就用身子把水口堵起来，一滴水也不让往下流，留着独自享用。

天池里的水被堵住了，山下的河沟全干涸了。从此，长白山一带年年闹旱灾，人们过着艰难的日子。人们日夜盼望天池里的水能流下来，好灌溉山下的万亩良田。可是，那条凶狠的蟒蛇总守在天池边，多少好汉去跟它搏斗争水，都被它吞进肚里。

在长白山脚下，有个柳树屯，屯里有个姑娘名叫水仙，聪明伶俐，沉着勇敢。她从小就暗暗下了决心，一定要练一身本事，长大了好去杀蟒蛇，把天池里的水放下来，让山下的人免遭干旱。为此，她不论是炎热的夏天，还是寒风刺骨的冬天，每天都要顶着星星起来，在石壁上练拳术，迎着风练射箭。老阿妈为了鼓励她继续苦练，把水仙的名字改为"牡丹"。"牡丹"在当地民族的语言中是"曲折"的意思，告诫水仙要经住曲折的考验。姑娘发誓不辜负阿妈的期望，一定要练出真本事，为乡亲们除害报仇。

就在牡丹十七岁那年，长白山下更加干旱，天池不往下流水，而毒辣辣的太阳烤得大地直冒烟。牡丹下决心要上山去斗恶魔，把天池里的水引到山下，好解除干旱。人们听说牡丹要去战凶恶的蟒蛇，都为她献酒祭天，并祝愿她早日凯旋。阿妈给她做了双千层底鞋，一百九十九岁的老爷爷，给了她一把祖传的斩妖宝剑。牡丹含泪告别了乡亲，把父老的话都牢记在心间，暗暗发下誓言，不消灭蟒蛇夺下来天池里的水，就永不回还。

牡丹身背宝剑，一直向长白山顶上走去。长白山高入云端，山上树木密不见天。走了一天又一天，牡丹终于到了长白山顶，一眼就望见蟒蛇卧在天池边饮着清凉的水，尾巴也泡在水里边。牡丹躲在岩石后面，从身上取下弓箭，瞄准蟒蛇的左眼。突然，蟒蛇一声怪叫，张开大口喷出毒涎。原来，大虫嗅到了有人来到身边。但是，牡丹心没惊，身没颤，心中充满了仇恨，一心要除掉这个恶魔。她牙一咬，心一横，嗖地射出了一箭。这一箭不偏不歪，正好射穿了毒蛇的左眼。蟒蛇疼得在地上打滚，真如倒下来一座小山，周围的树木，全被滚倒，岩石也四处飞溅。那蟒蛇忽然纵身跃起，凶猛地扑向牡丹。牡丹灵巧地闪到一边，就势向上一跳，跳到蟒蛇的脑袋上，拔出老人送给的斩妖宝剑，挥剑猛砍。蟒蛇又蹦又跳，又摆头又甩尾，要把牡丹从头上甩下来，牡丹牢牢地站在蟒蛇头上，拼着力气，提着宝剑猛砍。一剑接着一剑，鲜血涌如喷泉。

就这样牡丹与大虫从山上杀到山下，从这山杀到那山，只杀得天昏地暗，树倒山颤，虎狼都跑了，雀鸟飞得远远。杀了七天七夜，牡丹没喝一口水，没吃一粒饭，可是她想起山下人受的苦难，勇气倍增，继续奋战。后来她想出了一个绝招儿。当蟒蛇张着大嘴向她扑来时，她手握宝剑，嗖地一下钻进蟒蛇嘴里面。牡丹从蟒蛇嘴里，又到了肚里，把手中宝剑猛地往下一插，宝剑插透蟒蛇肚皮，剑尖钻进地里，蟒蛇疼得猛向前一蹿，锋利的宝剑把蟒蛇的肚子全都剖开了。蟒蛇哀叫几声，死去了。牡丹从蟒蛇肚里爬到了外面，见到蟒蛇死了，欣慰地笑了。可此时她已筋疲

力尽，眼前一黑，倒在山坡上了，再也没有站起来，长眠在天池旁边。

百鸟飞来为牡丹歌唱，山风吹来为她把血迹擦干，百花盛开为她掩埋了身体。而天池里的水欢蹦乱跳地流下了山，流进池塘里，流进田野里，流进花丛中。山下的乡亲们，见天池里的水流下来了，形成了一条美丽的江，于是把这条江叫作牡丹江。

镜泊湖的传说

镜泊湖位于我国黑龙江省牡丹江市的西南方，那里山清水秀，风景迷人，一片宁静。美丽的镜泊湖，犹如一颗璀璨夺目的明珠，镶嵌在这灵山秀水之中。

相传很久以前，有一年，玉皇大帝过生日，各路神仙都来道贺，王母娘娘也摆下了盛大的蟠桃会招待众仙。众仙来到瑶池，只见一派香烟缭绕，瑞云缤纷，珍馐美味，无所不有。仙人们纷纷入座，把酒言欢，一直到半夜，才渐渐散去。王母娘娘余兴未尽，又把各位女仙留了下来，重整金桌，再开玉宴。众女仙也都纷纷梳洗更衣，搽上脂粉，来到桌边，开怀畅饮。光是她们梳洗时泼出的胭脂水，就把天河给灌满了，从天河直泻到人间的牡丹江，汇成了一片亮晶晶的大湖。

第二天清早，王母娘娘醒了，她走到梳妆台前，拿起玉梳，正要梳头，却发现她的"平波宝镜"不见了。找遍了宫殿各处，也不见它的踪影。王母娘娘十分喜欢这面镜子，如今丢失了，十

分着急，命雷公电母赶紧到人间去寻找。雷公电母得了命令，连忙下界去寻找。他们查遍了五湖四海、名山大川，最后来到了牡丹江畔，在闪电的光亮中，他们看见一片湖水之中，好像有什么东西在闪闪发亮。雷公电母连忙近前一看，原来在湖底，平放着一面闪烁着奇光异彩的镜子，正是王母娘娘的"平波宝镜"！

可是好好的一面宝镜，怎么会掉到这里来呢？原来在蟠桃会的晚上，有一位喝醉酒的仙女，走过梳妆台，不小心把宝镜碰落在洗脸盆里了。而另一位粗心的仙女，在倒洗脸水的时候，又把水连同宝镜一起泼到了天河里。宝镜顺着天河水、沿着瀑布，一下子就流到了牡丹江的大湖中。

自打"平波宝镜"掉进湖里以后，无论风刮多大，湖水上都掀不起大的波澜。而且湖水变得清澈甘香，引来了无数蜜蜂和蝴蝶，在湖面上翩翩起舞；鸟儿也飞来，在湖上歌唱。

王母娘娘听雷公电母说宝镜找到了，连忙带着众仙女，来到了牡丹江的大湖边。果然，美丽的宝镜正在湖底闪闪发光。四周青山碧水，风景美不胜收。仙女之中有一位多情的七仙女，看到这么美丽的景色，不禁感叹道："这么漂亮的地方，就连天上也未必赶得上呢。我看我们别回去了，就住在这儿得啦！"

王母娘娘听了，训斥道："七儿不许胡说！"可她也被这里的迷人风景给吸引了，于是又接着说道："你们要真是喜欢这里的风景，我可以把'平波宝镜'留在这里，镇风压浪，就把这个地方作为你们姐妹的天外花园、人间浴池吧！"王母还顺口给大湖起了个名字："就叫'镜泊湖'吧！"

众仙女听了，都连声说好："镜在湖中，湖平如镜，真是恰当极了！"

王母答应众仙女，每年的农历六月十五，可以到湖里去洗一次澡。王母怕有妖邪到湖里，把"平波宝镜"偷走，就想派一位神仙到湖边去镇守、看护。她就找到老椴树，说道："老椴树，你年岁最大、威望也高，就请你来看守宝镜，可以吗？"

老椴树轻轻摇了摇枝条，说道："王母娘娘，我也很想帮你，可是我皮薄根浅，怕不能在湖边长时间守护，您还是去问问老松树吧！"

王母娘娘又找到老松树，将事情对他讲了一遍，可老松树也摇摇枝干，说道："娘娘，我体笨力单，恐怕不能担好这个任务，您还是去问问老黑山吧！"

王母娘娘找到老黑山，请他去看守平波宝镜，老黑山摇动了一下身子，睁开双眼，抖着雪白的须眉，说道："好啊，难得王母娘娘托付，我愿意同大湖做伴，日夜看护宝镜，决不怠慢！"

从此，老黑山就矗立在了镜泊湖旁边，不论冬夏，都挺直身子，站在那里，看护着湖水和宝镜。

老黑山到了镜泊湖边不久，湖里就出了一条大黑鱼，它横冲乱闯，搅得湖水不得安宁。后来老黑山一顿猛打，将它攥到镜泊湖的礁石缝里去了。直到今天，在镜泊湖的湖底，还有一种名叫"大头黑"的鱼，浑身黑色，长着一个大脑袋，长年钻到石窟窿里，据说就是大黑鱼的后代呢！

黄浦江、吴淞江的故事

黄浦江是上海的母亲河，纵贯上海市区，把上海分割为浦西和浦东。它源于青浦区的淀山湖，至吴淞口入长江，全长114公里，最宽处约400米。黄浦江有过许多别名，常见的有黄浦、黄歇浦、歇浦、春申江、申江、浦江等。这些名称的来历与黄浦江的历史有着密切的关系。

　　说到黄浦江，还得先从它的支流吴淞江说起。

　　古代，吴淞江是太湖流域最大的河流，它承担着太湖流域的泄洪和蓄水的功能。正因为此，历代官府都十分重视对吴淞江的治理，其中，北宋时期的水利专家郏亶在治理吴淞江时最有心得。他根据吴淞江的水道以及流经地区的水文状况，设计出一套疏导吴淞江的办法：沿吴淞江每隔5至7里开凿一条大支流，这种支流一律叫作"浦"，吴淞江是东西流向，"浦"是南北纵向的，所以叫"纵浦"；再沿浦每隔7至10里开凿浦的支河，叫作"塘"。这样，就以吴淞江为干流，以浦、塘为支流，形成"井"字形的水道网络。这种水道网络在地势潮湿的江南地区优势明显，每当雨季时，这种网格布局的河流可以共同分担宣泄太湖洪

峰的重任；而旱季时，它又是天然的蓄水池，起着灌溉农田、抗旱保收的功效。

郏亶在给皇帝的奏折中讲道，吴淞江从太湖至出海口共计有六十多条"浦"，他能记得住名称的就有几十条。我们只要将他所提到的其中一些浦名略作考证，就能知道是在今天的什么地方了。如练祁浦显然就是今天上海嘉定境内的练祁河，三林浦、杜浦、周浦则为今天浦东的三林塘、杜浦河和周浦无疑。另外，今天的青浦区还有赵屯浦、大盈浦，上海市区则有桃浦、彭浦、杨树浦等名，它们均是原吴淞江的"纵浦"。而黄浦显然也是吴淞江上的一条纵浦了，也就是说黄浦本为吴淞江的一条支流。那么，它们之间的关系是什么时候发生逆转的呢？

明代中叶，由于吴淞江主干道淤塞十分严重，给沿江的农业造成了极大的危害。当地官员就设法截弯取直，疏通吴淞江水道。于是嘉靖年间，户部尚书夏元吉主持整治水系，将吴淞江改道在今陆家嘴附近与黄浦江相接，从此，旧淞江渐成细流，即今虬江，东江则东移而成今黄浦江，直通长江口入东海。自此，吴淞江成为黄浦江的支流。

至于黄浦的得名，清代编修的《上海县志》以为是"其水大而黄"。而实际上与其他河流相比较，黄浦的水并不见得更黄。所以，此说不见得确凿。也有人认为黄浦的得名与其流向有关。前面已说过，上海地区的水道是横"塘"纵"浦"，"浦"自然应该是南北纵向的。而实际上黄浦江从淀山湖出来后先径直向南流，在松江这里突然改变方向，转而向东流。在上海方言中，把竖的东西放倒叫作"横过来"，而上海方言中的"横""黄"同音，那么，这条被"横过来"的"浦"，就被叫作"横浦"（黄浦）。这一说法有些道理，因为在今天的地图上我们仍能看到，黄浦江的上游中一段竖向的河叫作"竖潦泾",再一段横向的则被叫作"横潦泾"。黄浦江得名的另一个说法则与春秋四公子之一的黄歇有关。

据说很早以前,上海地区曾是一片荒凉的沼泽地,其中央蜿蜒流淌着一条浅河。雨水多了,就泛滥成灾;雨水少了,又河底朝天。人们深受其害,咒之为"断头河"。战国时楚令尹黄歇来到这"断头河"河畔,不辞辛劳,带领百姓疏浚治理,使之向北直接注入长江口,一泻而入东海。从此大江两岸,旱涝无虞,百姓安居乐业。人们为感激黄歇的疏浚功劳,便称此江为黄歇江,简称黄浦。后来黄歇被封为春申君,便又名黄浦为春申江。所以,上海除了简称"沪"外,又称"申",就来源于此。从我们刚才讲述黄浦江的历史来看,此说显然更为不经。

西湖的故事

"天下西湖三十六,其中最好在杭州",杭州西湖风光秀丽、景色宜人,湖光山色令人心旷神怡,亭台楼阁精巧细腻,使得西湖成为四方游客百游不厌的人间天堂。面对西湖世间无双的美景,每个人都会怀疑自己是否已经进入了虚无缥缈的世外桃源。

西湖的美,即使是最好的文学家也不能用一两句话简单言明。西湖的美并不是单纯的、平面的,而是一种全方位的、立体的美。只要在西湖附近,无论站在何处,都能感受到西湖的妖娆多姿,与其说西湖位于杭州,不如说杭州建在西湖。

西湖无论四季晨昏,风霜雨雪,景色都美丽动人。早春草长莺飞,白堤绿柳;夏天红莲盛开,接天映日;秋日层林尽染,月明如水;寒冬断桥残雪,浪漫幽深。晴天水波潋滟,雨天山色空蒙，"欲把西湖比西子，淡妆浓抹总相宜"。湖中苏堤、白堤、孤山岛、湖心岛和水色、山峰一起构成了妙不可言的美景。自古以来，西湖就是文人骚客歌咏抒怀长盛不衰的题材。

苏堤春晓

苏堤位于西湖西侧，贯穿南北，相传为苏东坡所筑。苏堤上有映波、锁澜、望山、压堤、东浦、跨虹六座拱桥，春日里飞柳熏风，柳绿桃红。

曲院风荷

曲院位于灵隐路洪春桥旁，此处湖中种植红莲、白莲等各种荷花，夏日莲叶田田，莲花妖娆，漫步桥上，踏过荷塘，令人陶醉。

平湖秋月

平湖秋月位于白堤南端，孤山岛南。这里最美的时节是秋天，傍晚泛舟湖中，观赏明月，意境如梦似幻。

断桥残雪

断桥位于白堤东边里外西湖的分水点上，《白蛇传》中白娘子和许仙相遇的断桥就是此处，每逢冬日，桥上如银装玉砌，别有一番风光。

柳浪闻莺

"柳浪闻莺"位于西湖东南，古时湖滨绿柳成荫，黄莺婉鸣，现在已经是杭州市内主要的综合性公园。

花港观鱼

位于苏堤南端，小南湖和里西湖之间，现在是一座大型公园，湖池间放养数万金鲤，投喂饵料即可看到红鳞翻滚的景象。

雷峰夕照

位于夕照山净慈寺前，山上原有吴越时期建造的雷峰塔，民国时期倒塌，现已重建，现在林木葱郁，景色宜人。民间故事《白蛇传》和鲁迅《论雷峰塔的倒掉》说的都与此有关。

双峰插云

由位于西湖西北侧的南高峰和北高峰组成，在湖中可以看到。每逢阴雨，山间云雾缭绕，双峰挺立，气势非凡。

南屏晚钟

位于西湖西南的南屏山，山势壮观，绿树繁茂，山上净慈寺每天傍晚敲钟，钟声响彻云霄，在峰谷间回荡，杭州全城都能听见。

三潭印月

由湖中三座葫芦形石塔和小瀛洲岛组成，精巧玲珑，游湖必观。月明之夜三塔及倒影和月影交相辉映，别有情趣。

泸沽湖的故事

泸沽湖位于云南宁蒗县与四川盐源县之间的崇山峻岭中，距宁蒗县城 69 公里，像一颗晶莹的宝石，闪耀在滇西北高原的万山丛中。那美妙绝伦的湖光山色，那国内外罕见的有着若干母系氏族公社特点的民族风情，给这翡翠般的世界，涂上了一层古老而神秘的色彩。

泸沽湖是由断层陷落而形成的高原湖泊，海拔约 2700 米，面积约 50 余平方公里。湖水平均深度约 40 米，最深处达 73 米，在云南省的湖泊中，深度仅次于抚仙湖，居第二位。整个湖泊，状若马蹄，南北长而东西窄。湖泊周围山峦起伏，东北是峭拔壁立的肖家火山，高达 3787 米；西北是状若雄狮蹲踞的格姆山，高 3755 米；湖东有条山梁蜿蜒而下直插湖心，似苍龙俯卧湖中汲饮甘泉，形成泸沽湖上一个美丽的半岛，半岛尖端与对岸相距仅 2 公里，成为湖面最狭窄的地方，并将广阔的湖面一分为二。

泸沽湖四周村庄错落，土地肥沃，稻谷、玉米、燕麦、荞麦相间，似给泸沽湖镶上了一条五彩花边，成为高原的鱼米之乡。湖畔生活着延续母系氏族特点的摩梭人。在摩梭人心中，泸沽湖是他们的"谢纳米"——母亲湖，狮子山是他们的"格姆山"

——女神山，这是摩梭文化以女性为中心的生动体现，关于母亲湖和女神山，在摩梭人中有许多动人、古老、神奇的传说。

传说在很久以前，格姆仙女要去远方走婚，而她的"阿注"后龙牵着她的手一直依依不舍，最后格姆也一往情深，舍不得离开后龙而化成狮子山。于是，格姆女神的百褶裙就变作了碧蓝色的泸沽湖。

"阿注"后龙为了永远守候格姆，而化成了"后龙山"。千年来两山相望，两情相依，成为泸沽湖畔摩梭人"阿注"走婚的象征。

到过的人都会对泸沽湖美丽的湖光山色和漂荡湖上的猪槽船印象深刻。说起泸沽湖和猪槽船，摩梭人中也有一个美丽的传说。

在很久以前，泸沽湖只是一块低洼的盆地，那里有几个村

寨。村寨周围都是莽莽森林，土地肥沃，林草茂盛。在西面狮子山脚下的山岩下，有一个涌泉之洞，一年四季都有清澈的泉水流出。

有个放牧的哑巴每天带着午餐粑粑在这里放牧，渴了就在这股泉水里喝上几口。有一天，洞里不出水了，他很奇怪。上前一看，原来是只大鱼堵在洞口。于是，哑巴抽出腰刀割下一块鱼肉烤着吃了。第二天，鱼身上被割去的地方居然复原了。从此，哑巴不再从家里带食物，每天割的鱼肉刚好够他一天的饭食。

时间一长，村里人见哑巴不带食物出门，仍然长得红光满面，不禁感到奇怪，问哑巴却说不出来，便尾随他看个究竟。看到洞口那条大鱼，贪婪的人们便想拖回家中享用。于是，人们赶去十八头牛，架上抬杆，用九根绳子设法套住鱼，拼命往外拉。终于，大鱼被拖了出来，但灾难也随之发生了：大水从洞口汹涌而出，顷刻间淹没了所有的村寨，也淹没了所有的人畜，整个盆地成了一片汪洋，这就是今天的泸沽湖。大水涌出时，唯有一个正在喂猪的母亲，见洪水滔天，急中生智，把一对儿女放进猪槽，使这对儿女逃脱了灾难，得以幸存。

后人为了纪念这位勇敢而智慧的母亲，把泸沽湖称为母亲湖，并且一直沿用这种猪槽状的独木舟至今，这就是现在游人游湖时坐的"猪槽船"。

张家界的故事

张家界又名青岩山，是武陵源的一部分，因其独特的石英砂岩峰林构成的自然地貌和原始森林的植被，上世纪八十年代初被外界发现后，蜚声中外，成为我国第一个国家森林公园。

峰林奇异，是张家界景观的一大特点。在方圆 13300 多平方公里之间，各式石峰形态各异，仿佛大自然的鬼斧神工。张家界不仅山奇，而且水秀。位于砂刀沟猴儿洞下的瀑布，从 200 多米高的石壁顶上飞泻而下，声如雷鸣，势若奔马，蜿蜒于山峦深谷间的金鞭溪、琵琶溪、花溪、矿洞溪、砂刀沟这五条溪水，碧水清澈，与天上的白云、两岸的绿树相映成趣，置身其间，飘飘然如入仙境。而金鞭溪之幽、黄石寨之雄、腰子寨之险、琵琶溪之秀、砂刀沟之野、袁家界之奇，无不令人叹为观止。

张家界早先并不叫张家界，而是被称为青岩山。据说后来改称张家界，是因汉留侯张良的原因。

相传，汉高祖刘邦平定天下后，滥杀功臣。留侯张良想到淮阴侯韩信死前讲的那句话，"狡兔死，走狗烹；飞鸟尽，良弓藏；敌国破，谋臣亡"，不禁打了几个寒战，便想效法当年越国范蠡，隐匿江湖。可是到哪里去好呢？入江淮，乃刘氏腹地；至留县封国，不能久安；秦岭、巴山，虎豹成群，不是养生延年之处；西北方，匈奴骚扰……他思来想去，只有到南方，找赤松子仙师去！昔日三闾大夫屈原被放，曾游荆州、武陵，还给沅、澧二水及诸名山留下了许多诗句："沅有芷兮澧有兰，思公子兮未敢言"，"广开兮天门！纷吾乘兮玄云"。

想到这里，张良便循着赤松子的足迹，上了天门山。以后，又辗转登上了青岩山。这里别有天地，正是张良要寻求的"世外仙境"。从此，他便在这里隐居下来，修行学道，并留下了一脉张氏子孙。据说，张良为了让青岩山水更美，曾在青岩山南侧植了七棵银杏树。这七棵银杏树长得又高又大，就像七把巨伞，撑在半山腰。

许多年后的一天，一个叫张万冲的朝廷官吏，带着妻室儿

女，上青岩山游玩。当他看到这七棵银杏树，像巨人般立在那里，顿起邪心，便想以这七棵树为界，把青岩山这块土地通通占为己有。于是，他请来一名雕刻匠，要他在每一棵树上雕刻一个大字。这雕刻匠雕了四十九天，才刻成七个大字——指挥使张万冲界。字刻完后，张万冲贴出门板大的告示，规定以七棵银杏树为界，方圆五十里，从锣鼓塌至黄石寨，从朝天观到止马塌，一概禁止通行，并将山寨上所有张氏家族都赶走。他的这道禁令，害得周围的百姓连打柴放牧都得绕道走，害得张氏族人携儿带女，流离失所。

有一天，猎户张家雄进山猎虎，恰从七棵银杏树下路过，他见每棵树上都流着黄水，如泪人一般。张家雄最初感到惊奇，不知道银杏树为什么会流泪，后来他看到了"指挥使张万冲界"七个大字，才恍然大悟。他火冒三丈，拔出猎刀，将"万冲"二字改成了"家雄"，又拆除了那块告示牌。

张家雄的这一举动非同小可，张万冲气急败坏，暴跳如雷，调来三百兵丁，把青岩山一带围得水泄不通。他四处抓人，八方搜山，见捉不到张家雄，就在寨民头上出气。他把寨民赶到银杏树下，声言要用大家的血染红那七个大字。正在危急时刻，只见树上一道闪光，树干上喷出七股桶般粗细的黄水，直朝着张万冲的人马射来！霎时间，狂涛巨浪，铺天盖地，把张万冲三百兵马一齐卷进金鞭溪去了！寨民们见此阵仗，吓得一个个忙对着银杏树作揖叩头，呼天叫地，求苍天保佑。这时，猛听得云头上有人说道：

"寨民们听着，此地本是天造地设，人间仙境，哪能容得张万冲这个不肖子孙横行！吾神已令白果仙人将他葬入海底。此地现归张氏共同所有，永世永代生息！"说罢，他将拂尘往七棵银杏树上一指，只见七棵银杏树上立即现出了"人间仙境张家界"七个金灿灿的大字。

众人抬头一看，只见那仙人一副书生模样，头绾高髻，身穿麻衣，鹤发童颜，一派仙风道骨。人群中有几人惊道：

"那不是跟赤松子大仙同游天门山、青岩山的子房公吗？"众人听了，忙一齐伏地礼拜。只见那位仙人轻甩水袖，笑盈盈地隐入茫茫云海，向黄石寨方向飘然而去。

因为是张良赐名，此后，人们便把青岩山叫作"张家界"。

雁门关的传说

雁门关又称西陉关，位于山西省代县西北20公里处，是长城的一处重要关口。相传，每年的春天和秋天，都有一群大雁从此处经过。而有意思的是，每当大雁飞过时，总有一对大雁要绕着关门飞几个来回，它们常常发出凄凉的叫声，好像在诉说着一桩不堪回首的往事。这对大雁有个明显的特征，非常容易辨认，即它们的腹部各自有一个红色的桃心形印。据说，这对大雁其实是对非常相爱的夫妻变成的。

修长城之时，这个关口是个咽喉要道，所以总管对它的结构和外形非常重视。为了美观和安全，总管想把关门的顶部修成半圆形的。但这是一项很难的技术，当时抓来修关的人都不会修。总管很生气，就派手下四处抓工匠，遇到不能修的也不立即放人，而是先打四十大板泄气。有个叫齐鸿的人，手艺精湛，他不仅能砌半圆形的券门，还能造梁雕柱。他听说众多工匠遭受皮肉之苦，便动了恻隐之心，和妻子告别后，便背上行囊，不远千里去修关了。

齐鸿的妻子名叫林雁，美丽动人且聪明伶俐。他们的感情非常好，每次丈夫去远处干活，妻子都会和他鸿雁传书，大雁是他们异地传情的工具。为了让大雁容易辨认，妻子就在大雁的身上绑了个红色的心形布兜，信和衣物都放在里边。有时丈夫在外地干活遇到一些难题，就会写信请妻子想想办法，妻子总能给他一些很好的建议。

总管见到齐鸿并不客气相待，而是要他按期限修好关门，不然就处死。齐鸿听后愁眉紧锁。因为对于他来说，修关门是很简单的事，只是总管给他的期限实在是太短了，在这个期限内没日没夜地干活，也是难以完工的。没办法，他只好拼命干，并给妻子写了一封信，向她诉说了自己的遭遇。

让齐鸿也没有想到的是，没过几天，妻子便来信了，给他出了个好主意。他高兴得连连喊妙，立即按妻子的办法实行起来。原来林雁在信中这样说："先让一部分工匠按尺寸砌好关门两侧的直墙，然后叫另一部分工匠按同样的尺寸做顶部的拱形木模。

这两项工作同时进行会省很多时间。然后把木模架起来砌上面就会省很多力气了。"果然，两项工作几乎同时完成，齐鸿提前完成了任务。

这件事情办得使总管刮目相看。总管问清内情后，就把齐鸿暂时囚禁起来，并派人把他的妻子请来，想亲眼看看一个女子能有多大本事。林雁被请到了总管的家，她刚一进门，总管就看直了眼，他见林雁生得十分美丽，顿生邪念。他让手下安顿林雁到客房休息，又下令把齐鸿绑起来，拉到关门下活埋。但是一眨眼的工夫，齐鸿不见了，只见一只腹部有着红色心印的大雁飞上了天。手下不敢隐瞒，立即回来告诉总管，总管心想齐鸿不见了，他的漂亮媳妇肯定会依从自己的。于是他告诉林雁，她的丈夫在做工的时候遇到事故死了，便想强行娶她为妾。正要下令将人捆绑起来，林雁也不见了，一只大雁在房梁上盘旋了两圈飞出了屋子，很巧的是，这只大雁的身上也有一个红色的心形印。

接着，天空出现了两只很美的大雁，它们双双飞下来，以迅猛的速度啄掉了总管的双眼，又双双离去了。看到这一幕的人们都非常高兴，以为是雁神显灵，为他们出了气。从此，人们为了纪念这双大雁，就将这道关口取名叫雁门关了。

吴山第一泉的故事

传说很久以前，杭州辰光一带没有一口井，人们吃水都是靠收集雨水。庆幸的是，这儿的雨水既均匀又充沛，人们从没为吃水发过愁。

不料有这么一年，一连几个月都晴空万里，一滴雨水都没有。天不下雨，百姓吃水非常困难。官府为了祈雨，便从远处请来和尚作法，而且硬要当地的人们去磕头跪拜。

但是几天过去了，和尚作法根本没起到任何作用，但是百姓仍要跟着跪拜遭罪。这时，一个老人站出来对官员说："这种方法根本无济于事，不要再浪费时间让百姓遭罪了。如果给我三天时间，我可以找到水源，否则就杀死我吧。"官府的人听了虽然有些生气，但是他们想，不妨让老人试试，兴许可以找到水源呢！若找不到再判他个"违抗官府"的罪名也不迟。于是他们就答应了。

老人回到家后，把儿子和孙子都叫到跟前说："如今我答应官府，在三天之内找到水源。我走不动了，你们快给我雇顶轿子来，抬我到城墙上转转。那里站得高看得远，定能找到水源。"

于是儿子和孙子抬着老人来到杭州的城墙上绕圈子。他们三日绕了九圈，最后老人终于发现，在城隍山脚下有股烟雾直往上冒。这些烟雾不断地往上升，它们升到天上结成了朵朵白云。老人高兴地对着儿孙说："你们看，这烟雾下边一定是龙脉呀，一定有条龙在下边呼气呢。我们挖开地，肯定能找到水源。"

第四天，老人找来许多人挖井。但是他们挖呀挖，挖了三丈三尺深，却根本不见半滴水。官府的人见了大怒，就把老人杀了。老人的儿孙大哭了一场，他们埋掉老人的尸体后，就拖着疲惫的身体回家了。

第二天，因为老人的死，他的儿子越想越难过。为了完成父亲寻找水源的任务，儿子仍然到城墙上去转圈。只见那城隍山脚下他们挖井的地方升起了更浓的烟雾，而且天上的云朵更多了。于是他认定是官府错杀了老人，循着那个地方再深挖下去，一定可以找到水源。接着，儿子也找来很多人挖井，他们又挖了三丈三尺，但是仍然不见一滴水。官府的人知道这回事，就不由分说将老人的儿子也杀死了。

孙子又大哭了一场，随后他将父亲埋在了爷爷的坟旁。他由于孤单寂寞，也想念爷爷和爸爸，仍然到那城墙上去转圈。他见到爷爷和爸爸挖井的地方烟雾浓得什么都看不见了，再看天上，云彩积在一起，好像要下雨的样子。于是他也找来很多人挖井，再挖了三丈三尺，就挖不动了，因为下边就是大岩石了。孙子蹲在那岩石上愤怒地说道："龙王啊龙王，你也不睁开眼看看，几个月不下雨，大地都干得裂了缝，你叫老百姓怎么活呀！我的爷爷和父亲都死在了这里，今天我也跟你拼了！"说完就一头撞到了石头上。

只听轰隆一声响，岩石裂开了一条缝，一股泉水从石缝中冒出来了。这水越冒越多，不久就将这九丈九尺的大深坑装满了。

泉水把孩子托上了井口，但是人们看到孩子已经死了，就把他埋在了他爷爷和父亲的坟旁。

后来人们又照着这口井，在杭州挖了更多的水井。人们解决了吃水问题，都高兴极了。他们为了纪念祖孙三人，就将城隍山脚下的水井称作"吴山第一泉"。

舒姑潭的故事

在安徽省境内的九华山的翠盖峰下，有一泉三潭，名曰"舒姑潭"。这里的潭水非常清澈，每当天气晴朗的夜晚来临，月亮的影子映在潭水里，都能营造出一种如诗如画、清幽迷人的境界。关于这个潭水，当地流传着一个美丽的传说。

相传在汉代的时候，翠盖峰下住着一对舒姓夫妻。他们靠种地和打鱼为生，日子过得很舒心。更为难得的是，夫妻俩的爱好非常广泛，在闲暇之时，他们喜欢读书吟诗，更长于自弹自唱，生活得非常快活。但是夫妻俩年纪越来越大，却没有生育，时间久了也难免寂寞。

不知道是不是老天眷顾，到了中年之时，夫妻俩终于生下了一名女婴，他们高兴极了，给孩子取名叫作"舒姞"，对孩子疼爱有加，视如珍宝。

舒姞慢慢长大了，而且越来越聪明伶俐。由于父母的影响，她天生有一副好嗓子，每当她唱起歌，都像一只百灵鸟在婉转幽鸣。并且在父母的熏陶下，她学会了弹琴。琴声一起，附近都会飞来很多小鸟和蝴蝶，落在树枝上、花上，扇动着翅膀，好像在鼓掌一样；水里的鱼儿和小青蛙也会从水中露出头来，它们在水中跳跃，好像在赞颂着琴声的悠扬。附近的乡邻都很喜欢这宛若天仙的孩子，父母高兴极了，更是非常精心地抚养她。

女孩长大了，父母也经常带着她到山中砍柴游玩。说来奇怪，每当她置身于大自然之中时，都觉得非常快乐。当听到泉水叮咚叮咚的清脆响声的时候，她就觉得像是天籁之音；当瀑布飞流直下，落入潭水的时候，在她听来就像是鼓手在快乐地击鼓；就连听到小鸟叽叽喳喳的叫声，女孩都觉得非常动听。她常常置身在这些自然美景和天籁之音中，不舍得离去。

有一天，舒姞的父母在家种地，舒姞觉得无聊就一人去山中游玩。她来到潭边的岩石上休息，被潭水美丽的样子和周围动听的声音吸引住了，忘记了时间。到了傍晚，夕阳西下，她的父母回到家中，才知道孩子不见了。四处寻找都不见，只得回到家中。后来相邻的老伯告诉他们，傍晚的时候在潭水边看到了他们的女儿，只是老伯怎么叫，孩子都坐着不动，好像在低头沉思。夫妻俩谢过老伯，急忙向潭边赶来。等他们来到潭边，孩子已经

不在原地了。

孩子能去哪儿呢？夫妻俩急得到处搜寻，但是一连几日都没有孩子的踪影。夫妻俩无法，想到孩子最喜欢音乐，就带着古琴到溪边弹奏，希望女儿听到他们的歌声和琴声能够现身。谁知刚刚弹奏了一曲，潭里就现出了一条红色的鲤鱼，它在水面上跳来跳去，好像是在向夫妻俩点头示好。不一会儿，它又游到了夫妻俩的身边，眼睛里流着晶莹的泪珠，好像要和他们依依惜别的样子。夫妻俩见鲤鱼的神情，就知道一定是女儿，他们跪在潭边，久久不愿离去。

后来人们为了纪念这个爱好音乐，给人们带来美好希望的姑娘，就在这翠盖峰下建了座舒姑庙。人们说舒姑聪明大方，端庄高洁，一定是天上的仙女所变，她十分喜欢这里，所以变成了鲤鱼的样子，永远留在了她所喜欢的这片山水清泉之中。

海天一色：崂山

崂山，位于青岛市区东部黄海之滨，古代又称为牢山、鳌山、辅唐山等。这当然也反映出崂山历史之悠久、文化之多样，并以其独特的山海奇观闻名于世。崂山背负平川，面临大海，主峰巨峰，也称崂顶，海拔1133米，是我国海岸线上最高的山峰。由于崂山巨石峭拔，群峰竞秀，在雄旷巍峨之中，尽显旖旎俊秀，因而自古就有"泰山虽云高，不及东海崂"之说。唐代大诗人李白，也曾用他"我昔东海上，劳山餐紫霞"的诗句来赞美崂山的水光山色。因此，崂山也被道教纳入其仙山体系，位居第六十六洞天。

虽然，崂山在杜光庭编录的《洞天福地岳渎名山记》中排名靠后，但实际上崂山与道教的关系却源远流长。作为黄老道发源地——齐地的一座重要山峰，崂山历来被誉为"神仙之宅，灵异之府"。远在秦代，方士徐福率童男、童女各三千赴瀛洲三岛，为秦始皇寻求长生不老药。传说徐福即从距此不远的"徐福岛"登船入海。其实，徐福的传说不过是崂山重要性的一个脚注罢了。西汉时期，黄老道盛行，崂山的地位自然不可小觑。太初四年（公元前101年），汉武帝就曾亲自到崂山"祀神人于交门宫"，并期望在此遇上仙人，索取长生之药，最后当然以失望告终。事实上，自秦汉以来，屡有道士真人隐居崂山修行。汉武帝建元元年（公元前140年）张廉夫到崂山，修茅屋一所，供奉三官，次年再建庙宇，供奉三清，名曰太清宫。故张廉夫被认为是崂山道教开山之祖。

唐宋时期是崂山道教兴盛的时期。李唐王朝以尊道为其崇本

的手段，因此，对崂山也尊崇有加。玄宗天宝四年，玄宗派大臣王晏到崂山炼长生之药，并改崂山为辅唐山。由此可见崂山的地位之隆崇；宋代继承了唐代崇道的政策，崂山的道教也因此而获得了发展的良机。许多道士栖止崂山，修身养性，如邱处机、刘若拙、甄栖真等。同时，大批宫观兴建起来，其中，著名的有太清宫、上清宫、太平宫等道观。

金元时期，全真道在北方兴起，并迅速传播开来，崂山因此成为全真道的一个重要据点。大批全真道道士在此修行，最著名的当属全真道北七真之一的丘处机。此时崂山又增建了迎真观、华楼宫等宫观，一时蔚为壮观。明清时期，崂山道教因有张三丰、徐复阳、李守真等著名的道士入山修行，故成为北方全真道的重镇。尤其是明代道士孙玄清在崂山创立法派金山派，并因其自幼在崂山出家，故金山派也称为崂山派。这一事件对崂山道教的影响最为深远。

由于崂山在中国道教史中的特殊地位，因此崂山宫观也十分壮观。据说在道教最盛时，崂山曾拥有九宫、八观、七十二庵。不过由于天灾人祸，屡建屡毁，保存至今的只有太清宫、上清宫、太平宫、华楼宫、明霞洞等少数宫观。

另外，人们提起崂山便会想到蒲松龄。这是因为蒲松龄在《聊斋志异》中的两篇小说，就是以崂山道院为背景创作的。

据说当年蒲松龄月夜独坐亭中凝思，忽见对面墙上有人一闪而过，像是穿墙而去，原来却是送茶道士的影子。蒲松龄由此受到启发，写了《崂山道士》。这面墙也被称为"穿墙壁"，成为崂山的一个景点。另一个爱情故事《香玉》，写的则是白牡丹和红山茶变成美丽的女子，与一位书生相恋的故事。崂山原有一个关于白牡丹的传说，蒲松龄据此作了艺术加工，成为《香玉》中的原型。

第二章　历史名城

北京城的故事

　　明朝初年，燕王朱棣带着军队打到南京，抢了皇位，做了皇帝，史称永乐皇帝，并把都城迁到了北京。当时的北京还没有建起城池，永乐皇帝下令，让他手下最得力的两位军师负责设计北京城的建造，并给他们下了一道旨意，以七天为限，让他们二人先分别画出一个图样来，谁的图样画得好，就按谁的方案来建造北京城。

　　大军师、二军师回去以后，都绞尽了脑汁，希望能设计出一个既漂亮又实用的北京城图样来。食不甘味、睡不安眠，整天想的都是图样的事。三天过去了，两个人都瘦了一大圈，可是什么才是最好的图样，两个人都没想出个大概来。

　　到了第三天的夜里，两个人都迷迷糊糊地睡着了。在梦里，大军师模模糊糊地听见有一个清脆可爱的声音在喊："照着我画，照着我画！"但醒来一看，又什么都没有。大军师十分疑惑，可又想不出个所以然来，只好继续想该怎么画图样。

　　一转眼又过去了四天，到了两人约定好一起画图的日子。大军师好几天没睡好觉，觉得脑袋昏昏沉沉的，他走出家门，正一边走，一边盘算应该怎么画图。忽然，他看见有一个很古怪的孩

子走在自己的前面。他走得慢，孩子也走得慢；他走快了，孩子
也加快了脚步。大军师追了半天，怎么也追不上那孩子。最后没
办法，只得停了下来，在街角站着歇息。

这时，大军师听到旁边传来了很熟悉的喘气声，他转过墙角
一看，竟然是二军师。二军师也累得气喘吁吁，正扶着墙休息

呢。大军师见状，有些奇怪，便问道："二军师，你刚刚在追什么吗？"

二军师说："是啊，我刚刚看见了一个很古怪的小孩子，我快他也快，我慢他也慢，我追了他半天，但还是没追上，结果就在这儿歇歇气，没想到碰上您了。"原来二军师三天前的夜里，也做了一个和大军师一模一样的梦。今天一出门，也碰上了那个古怪的小孩子。

大军师一听，心想：这不是和我刚才的情况一样吗？但他想了想，没有说出来。

大军师和二军师一起走到了约好的地方，拿出纸笔，背对背地坐在一起，开始画起来。两人手握毛笔，凝神静思，考虑自己应该画出一个什么样的图。忽然，两人的眼前同时出现了那个孩子的模样：头上梳着两个小抓髻，脚踏风火轮，身穿荷花袄。肩膀两边，还镶着绸子边。风一吹，好似举起了八条臂膀。两个人顿时豁然开朗，连忙照着八臂哪吒的样子，画下了图样。

画到一半的时候，忽然刮起了一阵风，把哪吒的衣襟吹起了一截，二军师正好看到，便也照着样子画了下来。

画完以后，两位军师把图交换过来一看，都忍不住笑了起来。原来两张图差不多一模一样，只是二军师的那一张在西北角的地方斜了一截。

大军师挑剔道："二军师，你怎么把城给画歪了？"

二军师说："我是照着哪吒的样子画的，当时这一点就是斜着的。"

两个人都觉得自己画的图最好，争执不下，便去找永乐皇帝评判。皇上一看，非常高兴，夸赞他们说："真不愧是朕的好军师，这个设计，深合朕意。大军师画的图方正规整，当为第一；二军师的斜了一点，当为第二。"

大军师十分得意地瞥了二军师一眼，又问道："皇上，那以哪一张为标准修城呢？"

永乐皇帝说："这样吧，东城按照你的图纸修，西城就按照二军师的图纸修。"

北京城就这样修建起来了。北京城中间的正阳门，是哪吒的头；瓮城的东西二门，是哪吒的耳朵；正阳门里的两眼井，是哪吒的双眼；正阳门东边的崇文门、东便门、朝阳门、东直门，是哪吒东半边的四只手臂；正阳门西边的宣武门、西便门、阜成门、西直门，就是哪吒西半边的四只手臂。北面的安定门和德胜门，就是哪吒的两只脚。

而二军师画斜了的那一块，正好是德胜门向西，到西直门这一带。直到今天，那里的城墙还是斜的，并且缺了一个角呢！

桂林城的传说

传说秦始皇统一六国之后，想接着扩大疆域。有一天，他走到南海，看着宽阔的海面，突然想到一个歪主意：如果将大山赶来填海，陆地面积岂不是能大大增加了。于是他召集文武百官前来献策。但是把大山搬到海里去谈何容易，大家都没有什么办法，秦始皇也只能作罢，只是他心里对此事一直念念不忘。

终于有一天，修筑长城的监工向他报告了这样一件事，说好多修长城的民夫手里都有一条红绳子，把它扛在肩上挑石头根本不费什么力气。秦始皇听了很兴奋，他即刻下令将民夫手中的红绳都收上来，然后吩咐将它们攒起来做成一条大绳。大绳做成之后，秦始皇拿着绳子就走出了皇宫。说来奇怪，他扬起手中的绳子朝着大山一挥，那些大山就活动起来，秦始皇见了大喜，决定赶着大山去填南海。

不多久，这件事就被南海的观世音菩萨知道了，她轻轻念了句"善哉，善哉"，接着吩咐侍童下到凡间去了。

哪知观音菩萨的话音刚落，本来热情很高的秦始皇突然提不起精神来了，并且口渴难耐。正在此时，一对年轻的夫妇背着水壶从他身边经过，他便叫住两人讨水喝。两人见是皇帝，吓得大气都不敢出，赶紧把水壶递过去。只见秦始皇咕咚咕咚大喝了一气，喝完正想离开，发现手中的红绳子不见了，而此时四下无人，心想一定是被这对夫妇偷了去。他立时拔出宝剑，就向两夫妇砍去。只听天上突然传来一阵呵叱声："住手！他们给你水喝，你却恩将仇报，会遭天谴的。那些红绳本是为筑城的民夫解脱劳苦的，你将它们抢来填海就已经是犯下大罪，劝你立刻回去，可免受处罚。"

秦始皇哪敢不听，决定立刻返回去。又见赶来的大山草木不生，且无处安放，就送给两夫妇，让他们在山上栽种树木开垦良田。两夫妇也不敢不从，立刻答应下来。

两夫妇见大山草木不生，根本无法种树，急得直发愁却没有办法。到了晚上他们累得没办法，就在山上找了个地方睡下了。说也奇怪，第二天一早，他们醒来都说做了一个梦，梦中观音菩萨告诉他们，这山中有股泉水，只要他们肯挑来浇地，地里就可以长出庄稼和树木。两夫妇便起来在山上找泉水，挑来浇地。谁知第三天一过，山上就真的长出了桂花树和大片花草，夫妻俩高兴极了，认为一定是观世音显灵，便摆上供品，答谢菩萨。此后他们生活得非常幸福，在山上生了个胖娃娃，夫妻俩便给孩子取名叫桂娃。桂娃出生的第三天，夫妻俩烧好水，倒上自己研制的桂花香水，给孩子"洗三朝"。谁知刚洗完，孩子就长大了，一下子能走路说话了，夫妻俩高兴得说不出话来。

让夫妻俩想不到的是，他们给桂娃"洗三朝"所用自制香水的香气飘到了天上，被玉帝闻到了，他顿时觉得神清气爽，耳清目明，便想，如果把这股香气用在天庭，天庭岂不是到处芳香。

于是他召来火斗星君，要求他速到凡间取来桂树和香水。

这一天，夫妻俩在山上砍柴，忽见一个身穿红衣的人向他们走来，说要把这山上的桂树全买下来。他们见此人穿着不像是当地人，又突然出现在这山上，有些疑惑，便说："您从哪儿来？我们栽种这些桂树很是辛苦，不舍得都卖掉，如果您愿意，我们送给您一些吧。"红衣人哪肯让步，怒气冲冲地说："你们不识好歹，桂树不卖给我，你们也留不住了。"夫妻俩听了来人这番话，非常生气，执意不卖。红衣人也不再与他们争执，就走了。

到了晚上，当一家人正要睡去之时，忽见窗外一片红光，夫妻俩跑出屋子，看到不远处的树林起了大火，他们就提着水桶往树林跑去。谁知一阵风刮过，树林中飞出一对火红的凤凰，接着

夫妻俩被卷入火海烧死了。

桂娃找不着父母，哭昏了过去。蒙眬中，他见一个穿着雪白纱衣的菩萨告诉他说，这山上的桂树被火斗星君弄到天庭去了，只要找到那对火红的凤凰，它们就可以带他找到桂树。桂娃正想接着问父母的下落，一着急就醒了。说来奇怪，他醒了之后，身上的力气大增，于是不分日夜，翻山越岭去找凤凰，终于在一个岩洞中找到了。凤凰见了他就飞起来，驮着他到了南天门。

刚进到南天门，桂娃就闻到了一股桂花的香味，循着香味找去，发现了一间屋子。进去一看，里面放满了泡酒的桂花香液，桂娃喝了一大口，又装了满满一葫芦走出来。他刚走出屋子，就被天庭的守卫发现了，桂娃撒腿就跑，一不小心就从云层中掉了下去。谁知火红的凤凰在底下接住了他，把他送回了那座大山。

回到山中，桂娃依然不知道父母的下落，很是生气，顺手就把葫芦扔到了地上。哪知一滴液体从葫芦中渗出来流到地上，地上立马就长出了一棵桂花树苗。桂娃见了很是惊奇，急忙把葫芦从地上捡起来，他在山上走了个遍，把桂花汁液滴到了山上的每个角落。几天过后，山上就长满了桂花树。

后来，这山上吸引了众多游人，日子久了很多人在山上住下，这里就变成了一座城市，被大家称为桂林城。

五羊城的传说

传说在很久很久以前，现在广州这个地方叫作南武城。南武城里有座很小的山坡，叫作坡山。坡山脚下住着一个老汉，他的妻子在几年前去世了，留下一个小儿子和他相依为命。老汉是勤劳老实的庄稼汉，父子俩靠种地为生，生活得十分艰辛。

有一年天气非常干旱，小河水干涸了，土地干得裂了缝。没水浇灌田地，大部分庄稼干死在田里，颗粒无收。父子俩吃饭成了问题，整天饿着肚子，但是官府还催着交租，急得老汉整夜都合不上眼。转眼交租的日子到了，老汉交不上租，就被官府的衙役关在了大牢里。衙役还派人转告他的儿子，如果他在三天内交不上租，那么他的父亲就要被处死。

可老汉的儿子才十多岁，家里也没有别的人可以依靠，想着父亲三天之后就要被处死，就放声大哭起来。可能是孩子太伤心了，他的哭声震天动地，把相邻的百姓都招了来。很多人知道这家欠着官府的租子，但是也没能力帮助，只能纷纷安慰孩子，把自己也少得可怜的食物分了些给孩子吃，尽一份善心。孩子吃了东西，一时停止了哭声。但等邻人一走，屋子里又只剩自己一人，想起幼时丧母，他又放声大哭起来。

哪知哭声传到了天上，天上的神仙都被感动了，于是玉帝派了南海五个仙人下凡救助。这五个仙人骑着不同颜色的山羊，身着赤、橙、黄、绿、青五色彩衣，手执谷穗来到了凡间。他们来到坡山脚下孩子的住处，把谷穗交给孩子让他种下。孩子见了五个衣着华丽的人骑着五只彩色的羊，好生奇怪，渐渐停止了哭声。但是在他擦眼泪的工夫，五个人又不见了，五只羊留在了他的身边，那谷穗还在他的手里。

孩子即刻来到地里，将谷穗种下。由于困得没法，他就在田里睡着了。哪知第二天，孩子一觉醒来，发现田里长满了茂盛的谷子，每棵谷子都结满了沉甸甸的谷穗。孩子高兴极了，立即跪在地上，感谢神仙显灵。接着孩子赶忙把谷穗收割起来，交到官府，想赎回父亲。

县官见孩子提了谷子来，非常吃惊。他知道这家非常穷，今

年又大旱，根本不可能有谷子上交，就逼问孩子，这许多的谷子是从哪里来的。孩子起初还想撒个谎敷衍过去，但是县官非常狡猾，一下就识破了孩子的谎言，孩子没有办法，只能说出了实情。

县官听了即刻下令，派衙役将那五只羊带回来查看。衙役就立刻跑到了孩子的家中，看到那五只彩色的羊后非常高兴，刚想上去牵走，那五只羊就纷纷变成了石羊。

此后，人们就将这里叫作"五羊城"了，这里也成为岭南最富庶的地方。经过几千年的沧桑变化，原来的五只石羊，现在只剩下一只了。人们修建了一座"五仙观"来纪念那五位造福此地的仙人，这个故事就流传至今了。

皇姑屯的传说

传说清朝康熙皇帝为了私访民情，有一次他把自己打扮成一个侠客，骑着一头小黑驴，后边有几个卫士装扮成他的徒弟，沿着一条小山沟，下乡访察民情来了。

一天，康熙走到现今河北省的隆化县地面，他们觉得又饿又渴，可是附近又没有旅店、饭铺。他们又走了一程，见路边有个破碾房。碾房里有一个姑娘，长得十分俊俏，正在套着小毛驴，忙着碾小米面。康熙心中大喜，翻身下了小黑驴，上前问道："这位姑娘，我们走得又饿又渴，能不能卖点好吃的给我们充饥？"姑娘端详着这个挺威武的行路人，觉得相貌不凡，说话和气，便笑笑说："不用买了。出门在外，谁都会遇上些困难。请你到我家里坐一坐，歇歇脚，吃饱饭再赶路吧！"

这时姑娘正好碾完小米面，卸了小毛驴，她领着康熙和几个化装的卫士，来到自家的小院。卫士把康熙的小黑驴，拴在院中的一棵枣树上，随后大家跟着姑娘进到屋子里。

姑娘的母亲见是一位神气十足的中年人和几个后生，就很客气地让座，接着就烧水沏茶；然后，母女俩点火做饭。不大工夫，她们就把饭做好了，端上来小米面饼子，还特意给炒了一大盘子鸡蛋。康熙一边同卫士们吃饭，一边高兴地说："这小米面饼子又香又甜，真好吃啊！"母女俩见他们吃得挺香甜，心中也欢喜。康熙吃完了饭，便同这母女俩拉起家常话儿来。他对姑娘的母亲说："这位大嫂，你家里有几口人？"那大嫂回答说："唉，我丈夫早就去世啦！我本姓王，人称王妈妈。这不，身边就这么一个闺女。我们娘儿俩呀，起五更睡半夜的，纺线、织布、种地，还能勉强过日子。"

康熙看这母女俩为人老实厚道，待人热情，一时便动了怜惜之情，便说：

"我和你母女俩商量一件事，不知你们愿意不愿意？"

姑娘的母亲说："你有话，尽管说吧！"

几个卫士看到这情景，心里直乐，但又不敢笑出声来。她们母女俩，哪会知道眼前这人，就是当朝的皇帝呢！只听康熙很诚恳地说："我想收下你的女儿作义女，不知大嫂愿意不愿意？"王妈妈认为自己和女儿过日子，也不容易，如果认个干爹，往后的日子，也许能有个照应。没等妈妈同女儿商量，这姑娘"扑通"一下，跪在康熙的面前，口称："义父大人在上，请受女儿一拜！"康熙高兴得哈哈大笑道："女儿平身，快、快起来，真是个聪慧的孩子！"几个卫士听到康熙说出"平身"二字，都憋不住地乐了，心想，皇上都露出身份来了，这母女还不知道呢！

康熙想了想，又说："今后女儿出阁时，一定告诉我一声，我好给女儿陪办一些嫁妆。"王妈妈笑着说："那敢情好！"就对女儿说："丫头，你这终身大事，就靠你这好心的干爹主婚选婿了！"康熙也不推辞，满口答应着："好！女儿的事就担在我身上了！"几个卫士又憋不住地笑了起来，都暗自替这姑娘高兴。

康熙告别她们母女时，母女俩送到村外，走出老远，才摆手分别了。康熙骑上小黑驴，又向一条深山沟里走去。

　　这母女俩回到家中，母亲突然后悔地说："哎哟，咱俩光顾高兴啦，忘了问问他是哪里的人，姓什么，叫什么，今后咱可上哪儿去找他呀？"可她后悔又有啥用呢，康熙早就走没影儿啦。

　　单说康熙走出村后，在山沟里遇见了个打柴的老人，康熙叫卫士把实情告诉了那老人。老人知道了这件事情，便欢天喜地跑回来告诉了她们母女俩，说："姑娘那个干爹呀，嘿，可认着了。人家是当朝的万岁爷呀！"母女俩一听，喜得一连几夜睡不着觉，就把这件大事牢牢记在心里，天天盼着丫头的"干爹"——康熙皇帝能再来。

　　盼呀，盼呀，一年一年地过去了，总也没有消息，一晃盼了三十年，就是不见皇帝到来。其实，康熙早就把这件事忘了。可是，这姑娘，已经等到四十七八岁了，还没有出嫁呢！

　　有一次，康熙率领文武官员和侍卫们又去木兰围场打猎，正好路过当年吃小米面饼子的地方。他忽然想起三十年前认干女儿的事情，便立即派人到姑娘家去看望她们母女二人。进家一看，才知道王妈妈早就去世了！那姑娘整年整月地愁眉不展，一人独居，日子过得十分艰难，一直还在等她的干爹主婚选婿哩！

　　康熙听了这个事情后，心里很惭愧，他叹息着说："唉，国事再忙，我也不该把我的义女忘了哇！生生让我一句话，耽误了姑娘的青春！"康熙就派人问干女儿有何打算。"姑娘生气地说："已经老了，我决心终身不嫁了！"康熙听了很难过，觉得很对不起这姑娘，他想来想去，想出了个补救的办法，就传下口谕，对这干女儿要以皇姑相待。并立即派人仿照京城历代皇姑府的样子，给她修了一座皇姑府，让这位年近五十岁的老姑娘在这里享受皇家的俸禄。这个姑娘，只好在这里过着孤独的晚年，了结一生。

　　从此，人们把这个小村庄改名叫"皇姑屯"。

旅顺口的故事

在辽宁省大连的西南端，有两座巍峨雄伟的高山，一座名叫黄金山，一座名叫老虎尾。在黄金山与老虎尾之间，有一个蟹螯形的港湾，它北依白玉山，南面大海。远远望去，就像一头雄狮，张开大口，吞吐着海水。西边的老虎尾，就像一条高大的防波堤，阻挡着海面上涌来的汹涌波涛，使港湾终年风平浪静。这个港湾出口狭小，易守难攻，是我国东北海域的军事要塞。它就是著名的旅顺口。

据说很久以前，旅顺口四周是没有高山的，而是一大片平地，紧挨着无边无际的大海。大海旁边，有一个小渔村。村里面有一个小伙子，他从小失去了父母，靠打鱼为生，村里的人都管他叫渔哥。

渔哥每天都出海去打鱼，打鱼回来，就把捕到的鱼虾蟹之类用篓子装好，拿到附近的镇子上去卖。这天，渔哥像往常一样，装好鱼篓，用扁担挑着，到镇上去售卖。谁知刚走出家门，担子前边的鱼篓里忽然钻出一只海蚌，掉在地上。渔哥连忙放下担子，把蚌捡起来，重新放进篓子里，然后继续赶路。但刚走了两步，那只蚌又从篓子里钻了出来，跳到地上，蹦来蹦去的。渔哥十分奇怪，就把它捡起来，仔细看了看，发现这只海蚌竟然是金色的。它躺在渔哥的手里，张了张蚌壳，好像要说什么话似的，但是发不出声音来。渔哥觉得这只小海蚌很可怜，就走到海边，把它给放掉了。

转眼到了中秋节，正是捕鱼的好时候。渔哥一连几天在海上打鱼，都是满载而归。这天，他划着渔船，不知不觉就来到了远

海。这里鱼虾成群，渔哥高兴极了，不一会儿，就捞了很多上来，几乎装满了整条渔船。

不料在回航的时候，原本风平浪静的海面上，忽然刮起了大风，浪头一个高过一个，向着渔哥的小船打来。渔哥躲过了一个，躲不过第二个，一个巨浪扑来，就把小船掀翻了。渔哥掉进了海里。渔哥在狂风巨浪中挣扎了半天，实在没有力气了，他喝了几口海水，就昏昏沉沉地向海底沉去了。

等他再睁开眼睛的时候，已经是在自己家的炕上了。他挣扎着想坐起来，却忽然发现面前站着一位美丽的姑娘，手里端着一碗热气腾腾的米汤，正用小勺在喂他。渔哥连忙坐起来，问道："姑娘，你是谁呀，怎么会在我家的？"

姑娘放下碗，说道："我是旁边村子的人，叫海女，今天偶然从海边路过，见你漂在海面上，不省人事，就把你救上来了。我问了村子里的人，知道你住在这儿，就把你背回来了。今天天不早了，我回家了，你身体还没有完全恢复，我明天再来照顾你吧。"说完，就离开了。

第二天一早，海女果然又来了。她一进门，就挑水劈柴，烧火做饭，不一会儿，桌子上就摆满了香喷喷的饭菜。一来二去，渔哥和海女都喜欢上了对方。不久，渔哥就向海女求亲，海女听了，十分感动，答应了渔哥，两个人就结成了夫妻。

从此，渔哥下海打鱼，海女在家做饭，操持家务，两个人相亲相爱，日子过得非常幸福。

转眼一年的时间就过去了。一天清早，渔哥吃完饭，收拾好东西，刚要出海打鱼，忽然看见一大块乌云从南边的海上飘来。霎时间，风雨大作，豆大的雨点倾泻而下，海面上也掀起了无数的大浪。渔哥一看，知道不能出海了，于是便转身走进了家中。刚一进门，就看见妻子坐在炕上，流着眼泪。渔哥连忙走上前去，问道："怎么啦？"

海女哭着答道："渔哥，恐怕我们就要分别了！"

渔哥听了，吃了一惊："出什么事啦？"

海女擦了擦眼泪，呜咽着说道："渔哥，我不是凡人，我原本是王母娘娘的侍女，有一次侍宴时，不小心打碎了一个玉杯，惹怒了王母，被贬为一只海蚌，交给龙王，关进冷宫监禁。我在冷宫里实在是太孤单、太寂寞了，就趁着守卫不备，偷偷跑出了冷宫，到海面上看看风景。谁知道刚游上海面，就被你的渔网逮住，抓上了岸。多亏你心地善良，又把我放回了海里。后来我躲在一个小岛上，一直想找机会报答你。正巧那天你遇到风浪，翻了船，我就把你托起，送回了岸上，还和你成了亲。现在龙王知道我逃出了冷宫，还和凡人成了亲，正在大发雷霆，马上就要派兵前来抓我了！你看这狂风暴雨，就是他们正从海上过来啊！"

渔哥听了，又着急又伤心，他紧紧地抱住了妻子，说道："不管他们是什么人，我死也不会让你离开的！"

海女哭着说："可是渔哥，你不放我走，你和村子里的百姓，都会被杀死的！"

"那怎么办？难道就没有办法了吗？"

海女想了想，说道："渔哥，要想救我。只有一个方法。乾元山金光洞里，住着一位太乙真人，你去求见他，取来镇海宝物，镇住龙王，我们才能团圆！"说着，海女从头上取下一颗珍珠，交给渔哥。"如果能取来镇海宝物，你只要把珠子投进海里，我就能回来。"话音刚落，只听一个闷雷击来，渔哥就被震昏过去了。

渔哥苏醒以后，海女已经不见了，屋里湿淋淋的，一片泥泞。渔哥连忙收拾好包袱，走出家门，到乾元山去找太乙真人了。

渔哥历尽千辛万苦，总算走到了乾元山下。他望着眼前高耸入云的山峰，下定决心，抓住凸出的石块，向上攀爬起来。眼看快要爬到山顶了，忽然，他脚下一滑，滚下了山坡，摔在了一块石头上面。他不顾疼痛，站起身来，刚想继续往上爬，忽然听旁边有人问他："这位大哥，你满身伤痕，到底想去哪儿啊？"

　　渔哥转过身，只见一个十二三岁的小男孩正站在他面前。渔哥说："小兄弟，我叫渔哥，是来这里找太乙真人求救的，你知道他在哪儿吗？"

　　小男孩笑了，对渔哥说："我正是金光洞的金霞童子，奉师父之命，特来这里迎接你的！"说完，右手一挥，一朵五彩祥云就飞到了两人眼前，金霞童子领着渔哥，踏上祥云，不一会儿，就飞到了金光洞中。渔哥睁开眼睛，只见面前万仞高峰，直插云天，红云缭绕，紫雾氤氲，好一派人间仙境！太乙真人坐在正中，渔哥见了真人，连忙下拜叩头。太乙真人睁开眼睛，说："你们的事，我都已经知道了。那海龙王又在兴风作浪了，是应该治他一下！"说着，就从怀里取出一只小巧玲珑的金狮、一只铁虎、一座玉山，交给了渔哥。

　　渔哥接过宝物，拜谢了太乙真人，在金霞童子的护送下，不一会儿，就回到了渔村里。

　　他摸摸衣兜，妻子留给自己的那颗珍珠还在。他吃了点东西，带上宝物，就向海边奔去了。

渔哥划着渔船，到了海中央，从衣兜里掏出珍珠，轻轻地放进了水里。

海女自从被海龙王派兵抓回冷宫以后，每天都在惦念着渔哥。这天，她在海底张望，突然看到远处好像有个小小的亮点。她仔细一看，果然是自己那颗珍珠。她心中大喜，立刻念起咒语，收了珍珠，恢复了精神。趁着看守她的两个虾兵正在打瞌睡，海女变成一条海虫，钻出了冷宫，游到了海面上。她远远望见坐在渔船上的渔哥，高兴极了，连忙在水中一滚，恢复成了美丽的姑娘。渔哥与海女相见，百感交集，海女说："渔哥，龙王发现我逃跑了，一定很快派兵来追，此地不可久留，我们还是快走吧！"

渔哥与海女回到家里，果然不一会儿，就见天色突变，狂风大作，暴雨倾盆。龙王率领着虾兵蟹将，来抓海女了。海女不慌不忙，取出太乙真人交给渔哥的玉山，往海边一放，只见一道银光闪过，一座巍峨的高山，立刻出现在了大海的北岸，挡住了浪头，这就是白玉山。

海女又拿出铁虎，向右边一抛，只见青光一闪，铁虎呼啸一声，扑向半空，用尾巴猛地向海面扫去，把虾兵蟹将打伤大半。后来铁虎变成了高山，就是现在旅顺口西南边的老虎尾山。

龙王气极了，他大喊一声，召来了无数虾兵蟹将来推波助澜，掀起巨浪。顿时，一排排巨浪向岸边的小渔村涌过来。海女一见，立刻又掏出了金狮，一道金光闪过，金狮一声吼叫，巨大的身躯落进海中，变成一座高山，挡住了巨大的浪头。这就是现在旅顺口东面的黄金山。金狮的大口，就形成了现在的港湾。龙王的招数使尽了，也没能伤到海女分毫，只好带着残兵败将，回到龙宫去了。渔哥和海女终于过上了幸福安稳的生活。

从那以后，人们就给港湾起了个名字，叫作狮子口。明朝时，名将马云、叶旺奉命镇守辽东，从山东渡海，到狮子口登陆，因为一路上非常顺利，所以就改称狮子口为旅顺口了。

第三章　文化古迹

龙门石窟的故事

孝文帝迁都洛阳后，又将石窟艺术带到了洛阳，建造了龙门石窟。

龙门石窟又叫伊阙石窟，在今河南省洛阳市南 12.5 公里的伊水入口处两岸，西崖叫龙门山，东崖叫香山。最早开凿于北魏宣武帝元恪景明元年（500 年），是宣武帝命人模仿云冈石窟，在洛南伊阙山为他的父亲孝文帝和他的母亲文昭皇太后高氏修建的两个石窟，以后又逐渐修造。后来，历经东魏、西魏、北齐，到隋唐至宋等朝代连续大规模营造达 400 余年之久。密布于伊水东西两山的峭壁上，南北长达 1000 米，现存窟龛 2345 个，题记和碑刻 2680 余品，佛塔 70 余座，造像 10 万余尊。其中最大的佛像高达 17.14 米，最小的仅有 2 厘米。这些都体现出了我国古代劳动人民极高的艺术造诣。

龙门是一个风景秀丽的地方，这里有东、西两座青山对峙，伊水缓缓北流。远远望去，犹如一座天然门阙，所以古称"伊阙"，自古以来，已成为游龙门的第一景观。唐代大诗人白居易曾说过："洛都四郊，山水之胜，龙门首焉。"

奉先寺是龙门唐代石窟中最大的一个石窟，长、宽各 30 余

米。据碑文记载，此窟开凿于唐高宗李治和武则天在位时期，于公元 675 年建成。洞中佛像明显体现了唐代佛像艺术特点，面形丰肥、两耳下垂，形态圆满、安详、温存、亲切，极为动人。石窟正中卢舍那佛坐像为龙门石窟最大佛像，身高 17.14 米，头高 4 米，耳朵长 1.9 米，造型丰满，仪表堂皇，衣纹流畅，具有高度的艺术感染力，实在是一件精美绝伦的艺术杰作。据佛经说，"卢舍那"意即光明遍照。这尊佛像，丰颐秀目，嘴角微翘，呈微笑状，头部稍低，略作俯视态，宛若一位睿智而慈祥的中年妇女，令人敬而不惧。有人评论说，这尊佛像把高尚的情操、丰富的感情、开阔的胸怀和典雅的外貌完美地结合在一起，因此，她具有巨大的艺术魅力。卢舍那佛像两边还有二弟子迦叶和阿难，形态温顺虔诚。天王手托宝塔，显得魁梧刚劲。而力士像就更动人了，大家会看见他右手叉腰，左手竖掌，威武雄壮。那样子生动极了。

金刚力士雕像比卢舍那佛像旁的力士像更加动人，是龙门石窟中的珍品。1953 年清理洞窟积土时，在极南洞附近发现，是被盗凿而未能运走遗留下的。只见金刚力士两眼暴突，怒视前方，两手握拳，胸上、手、腿上的肌肉高高隆起。整座雕像造型粗犷豪放，雄健有力，气势逼人，那样子你看了也会害怕三分，可能是金刚力士在怒视着偷盗的贼人。

龙门石窟中另一个著名洞窟是宾阳洞。这个窟前后用了 24 年才完成，是开凿时间最长的一个洞窟。洞内有 11 尊大佛像。主像释迦牟尼像，高鼻大眼，体态安详，左右两边有弟子、菩萨侍立，佛和菩萨面相清瘦，目大颈平，衣锦纹理周密刻画，有明显的西域艺术痕迹。窟顶雕有飞天，挺健飘逸，是北魏中期石雕艺术的杰作。洞中原有两幅大型浮雕《皇帝礼佛图》《太后礼佛图》，画面上分别以魏孝文帝和文昭皇太后为中心，前簇后拥，组成礼佛行列，构图精美，雕刻细致，艺术价值很高，是一幅反映当时帝王生活的图画。可惜，被美国人勾结中国奸商盗运到美国，现分别藏于美国堪萨斯城纳尔逊艺术馆和纽约大都会博物馆。

万佛洞在宾阳洞南边，洞中刻像丰富，南北石壁上刻满了小佛像，很多佛像仅一寸，或几厘米高，共计有 15000 多尊。正壁菩萨佛像端坐于束腰八角莲花座上。束腰处有四力士，肩托仰莲。后壁刻有莲花 54 枝，每枝花上坐着一菩萨或供养人，壁顶上浮雕伎乐人，个个婀娜多姿，形象逼真。洞口南壁上还有一座观音菩萨像，手提净瓶举拂尘，体态圆润丰满，姿势优美，十分传神。

古阳洞也很出名。这里有丰富的造像题记，为人称道的龙门二十品，大部分集中在这里。清代学者康有为盛赞这里的书法之美为：魄力雄强、气象浑穆、笔法跳跃、点画峻厚、意态奇逸、精神飞动、兴趣酣足、骨法洞达、结构天成、血肉丰美。

还有一个药方洞，刻有 140 个药方，反映了我国古代医学的成就。把一些药方刻在石碑上或洞窟中，在别的地方也有发现，这是古代医学成就传诸后世的一个重要方法。

龙门石窟不仅仅佛像雕刻技艺精湛，石窟中造像题记也不乏艺术精品。龙门石窟造像题记遍布许许多多的洞窟，有 2600 多品，其中龙门 20 品，是我国优秀文化遗产的一部分，在国内外学术界、书法界有很广泛的影响。

龙门石窟保留着大量的宗教、美术、书法、音乐、服饰、医药、建筑和中外交通等方面的实物史料，堪称一座大型石刻艺术博物馆。它与甘肃敦煌莫高窟、山西大同云冈石窟、甘肃麦积山石窟并称为中国四大石窟艺术宝库。石窟艺术是中国艺术宝库中的瑰宝，在隋唐时期得以进一步发扬和光大。

东方雕塑馆——麦积山石窟的故事

麦积山位于甘肃省天水市东南约 45 公里处，是我国秦岭山脉西端小陇山中的一座奇峰，山高只有 142 米，但山的形状奇特，孤峰崛起，犹如麦垛，人们就形象地称之为麦积山。山峰的西南面为悬崖峭壁，闻名中外的麦积山石窟就开凿在峭壁上，有的距山基二三十米，有的达七八十米。在如此陡峻的悬崖上开凿、雕刻成百上千的洞窟和佛像，在我国的石窟中实属罕见。

"麦积山者，北跨清渭，南渐两当，五百里岗峦，麦积处其半，崛起一石块，高百丈寻，望之团团，如民间积麦之状，故有此名。"

麦积山石窟始建于十六国后秦（384—417），初名无忧寺，是北魏著名的佛教圣地，距今已有1600多年的历史。后来历经北魏、西魏、北周、隋、唐、五代、宋、元、明、清，历代都有开凿和修缮，规模不断扩大，成为我国著名的四大石窟之一，也是闻名世界的艺术宝库。

麦积山石质皆为紫褐色之水成岩，其山势陡然起独峰，最初有许多天然之岩洞。它海拔1742米，山顶距地面142米，现存洞窟194个，其中有从4世纪到19世纪以来的历代泥塑、石雕7200余件，壁画1300多平方米，大部分是隋唐以前的原作品，具有浓郁的民族风格和很高的艺术价值。

由于麦积山山体为第三纪沙砾岩，石质结构松散，不易精雕细镂，故以精美的泥塑著称于世，绝大部分泥塑彩妆，被雕塑家刘开渠誉为"东方雕塑陈列馆"。麦积山石窟的一个显著特点是洞窟所处位置极其惊险，大都开凿在悬崖峭壁之上。古人曾称赞这些工程："峭壁之间，镌石成佛，万龛千窟，虽自人力，疑是神功。"麦积山遗留下来的艺术珍品，今日看来真似乎有如神助。

麦积山石窟享有"东方雕塑馆"盛名，是丝绸之路上的一朵艺术奇葩，以其精美的泥塑艺术闻名中外。历史学家范文澜曾誉麦积山为"陈列塑像的大展览馆"。如果说敦煌是一个大壁画馆的话，那么，麦积山则是一座大雕塑馆。这里的雕像，大的高达15米多，小的仅20多厘米，体现了千余年来各个时代塑像的特点，系统地反映了我国泥塑艺术发展和演变的过程。这里的泥塑大致可以分为突出墙面的高浮塑，完全离开墙面的圆塑，粘贴在墙面上的模制影塑和壁塑四类。其中数以千计的与真人大小相仿的圆塑，极富生活情趣，被视为珍品。

从北魏塑像开始，麦积山所有的佛像差不多都是俯首下视的体态，那和蔼可亲的面容，虽是天堂的神，却更像世俗的人，具有鲜明的人间味道，成为人们美好愿望的化身。从塑像的体形和服饰看，也逐渐在摆脱外来艺术的影响，体现出汉民族的特点来。

麦积山的洞窟很多修成别具一格的"崖阁"。在东崖泥塑大佛头上15米高处的七佛阁，是我国典型的汉式崖阁建筑，建在离地面50米以上的峭壁上，开凿于公元6世纪中叶。麦积山石窟虽以泥塑为主，但也有一定数量的石雕和壁画。麦积山石窟被列为国家重点文物保护单位，新架和修复了1300多米的凌空栈道，使游人能顺利登临所有洞窟。

麦积山石窟第 44 窟造像被日本人称为"东方的维纳斯"。两秦的 78 窟、128 窟的造像的僧衣上有细致的图案。建于 70 余米高的七佛阁上的塑像俊秀，过道顶上残存的壁画精美绝伦，其中两端顶部的车马行人图，无论从哪个角度看车马所走方向都不相同，堪称国内壁画构图经典之作。

石莲谷的传说

北宋时期，有位大道学家，叫周敦颐。他为人清廉正直，襟怀淡泊，平生酷爱莲花。他曾在军衙东侧开挖了一口池塘，全部种植荷花。那时他已值暮年（55 岁），又抱病在身，所以每当茶余饭后，他或独身一人，或邀三五幕僚好友，于池畔赏花品茗，并写下了一篇脍炙人口的散文《爱莲说》。他死后被派到观世音菩萨那里去弹琴，并观赏菩萨宝座上的莲花。一天，周敦颐趁菩萨外出，从宝莲花中摘下一粒莲子。不料被大力金刚看见，即大喝一声，周敦颐吓得手足失措，莲子也掉了。莲子从周敦颐手中脱落后，随风飘到了仙人崖以北的峡谷中，经过风吹日晒，开出一枝石莲花。不久，莲子繁衍，整个峡内开满了石莲花。从此，人们称其地为石莲谷。

岳阳楼的故事

"先天下之忧而忧，后天下之乐而乐。"这句千古名言恐怕是尽人皆知。这句话出自北宋名臣范仲淹的《岳阳楼记》。因为这篇千古美文，岳阳楼也更加名扬海内，成为我国著名的旅游胜地之一。

"洞庭天下水，岳阳天下楼。"岳阳楼居于岳阳古城的西门之

上，气势之壮阔，形制之雄伟，令人叹为观止。

岳阳楼始建于三国鼎立前后，距今已有 1700 多年历史，其前身相传为三国时期东吴大将鲁肃的"阅军楼"，西晋南北朝时称"巴陵城楼"，初唐时，称为"南楼"。

唐玄宗开元四年，堪称"燕汗大手笔"的张说贬官岳阳后，寄情山水，常与文人迁客登楼赋诗，以后，还有李白、杜甫、李商隐、李群玉等大诗人接踵而来，写下了成百上千语工意新的名篇佳句，给岳阳楼蒙上了一层浓厚的文化意蕴。

唐代，孟浩然、李白、杜甫竞相吟咏岳阳楼，岳阳楼便逐步成为历代游客和风流韵士游览观光、吟诗作赋的胜地。此时的巴陵城已改为岳阳城，巴陵城楼也随之称为岳阳楼了。

当年李白为岳阳楼赋诗曰：楼观岳阳尽，川迥洞庭开。雁引愁心去，山衔好月来。云间连下榻，天上接行杯。醉后凉风起，吹人舞袖回。杜甫《登岳阳楼》很是脍炙人口：昔闻洞庭水，今上岳阳楼。吴楚东南坼，乾坤日夜浮。亲朋无一字，老病有孤舟。戎马关山北，凭轩涕泗流。

岳阳楼真正闻名于天下是在北宋滕子京重修、范仲淹作《岳阳楼记》以后。滕子京不愧为一位具有远见卓识的名臣，他认为"楼观非有文字称记者不为久，文字非出于雄才巨卿者不成著"。于是，他请当时的大文学家范仲淹写下了名传千古的《岳阳楼记》。斯文一出，广为传诵，虽只有寥寥369字，但其内容之博大，哲理之精深，气势之磅礴，语言之铿锵，真可谓匠心独运，堪称绝笔。其中尤以"先天下之忧而忧，后天下之乐而乐"一句成为千古名言。自此，岳阳楼更加闻名遐迩。

以后历朝历代的诗人作家在此留下了大量优美的诗文。如虞集、杨维桢、杨荃、李东阳、何景明、袁枚、姚鼐等都曾来登楼吟咏。

名冠天下的岳阳楼形制独特，风格奇异。楼三层，飞檐、盔顶，纯木结构。全楼高达25.35米，平面呈长方形，宽17.2米，进深15.6米，占地251平方米。楼中四柱高耸，楼顶檐牙高啄，金碧辉煌。远远望去，恰似一只凌空欲飞的鲲鹏，显得雄伟壮丽。

在岳阳楼1000余年的历史中，几经风雨沧桑，屡毁屡建，至民国末年，楼身已经破旧不堪。中华人民共和国成立后，进行重修。重修后的岳阳楼，保持了原有的规模和结构，保留了原有的建筑艺术和历史风貌。楼底花岗石台基增高了30厘米，使岳阳楼前的仙梅亭、三醉亭更显主次分明，错落有致。

岳阳楼内陈设别具特色。各层内悬挂历代名家撰写的楹联。一、二楼各嵌有一副《岳阳楼记》雕屏，一楼雕屏是 19 世纪的复制品；二楼所嵌雕屏为 18 世纪大书法家张照所书，字形方正、笔力雄浑、技法多变、独具匠心，为传世珍品。三楼所嵌雕屏是毛泽东书杜甫诗《登岳阳楼》，笔法雄健奔放、形神兼备，雕屏金光耀眼、熠熠生辉。

什刹海的故事

沈万三是元末明初江苏苏州府人氏，被认为是当时最有实力的财主。在他的家乡周庄流传着他在明太祖时捐修南京城的故事，当然史志无载。只是沈万三怎么又会与北京的什刹海有瓜葛呢？

老北京人都知道沈万三是"活财神"。可是这活财神手里一个钱也没有，穷得连衣服都穿不整齐。那这是怎么回事呢？原来，沈万三能知道地下哪个地方埋着金子，哪个地方埋着银子。那么，他怎么不为自己挖点金子，挖点银子，换换衣裳呢？据说，沈万三平常也说不出哪儿有金子、哪儿有银子，要想跟他要金银，就得狠狠地打他，打急了，他胡乱一指，你就顺着他手指的地方挖吧，准有银子，甚至还有金子。并且打得越厉害，挖出的金银就越多。就这么着，人们都叫他"活财神"。可是话又说回来了，谁肯打他呢？他家里的人不忍，一般的老百姓也没有平白无故打人的道理。这样，跟沈万三一起的人，都穷得吃不饱，穿不暖。

这一年，皇上要修北京城了。可皇上又不愿把府库里的钱拿出来，就跟大臣们商量"就地取材"。大臣们不免发愁：这一片苦海幽州，哪儿能弄出这么多钱呢？后来，有人把活财神沈万三的事告诉了皇上。皇上一听高兴了，吩咐马上把沈万三抓来。官兵奉了皇帝的圣旨，飞快地往沈万三家跑。等到了沈家门前，官员笑了，兵丁也笑了，原来是个很破旧的小门。一个兵丁笑着说："活财神就住这么个小门儿呀！"官员说："甭管他门大门小，只要把沈万三抓到了，咱们就好交差。"

另一个兵上前敲了几下门，就见从里面出来一个老头儿，身量不很高，穿着一身破衣裳，他问："你们找谁呀？"

"找沈万三。"

老头儿说："我就叫沈万三，找我有什么事啊？"

官员说："皇上叫我们找你，你跟我们走吧。"

沈万三知道不去是不行的，就跟着这些官兵见皇上去了。

皇上正在殿上等着沈万三，沈万三来到殿上，皇上一瞧，心里就犯了嘀咕："就这么个穷老头儿，他会是活财神？"不过，有错拿的没错放的，这是老规矩，还是问问他吧，就说："你叫沈万三吗？"

"我叫沈万三。"

"你知道哪里有金子，哪里有银子吗？"

沈万三说："我不知道。"

"不知道？"皇上急了，说，"你不知道哪儿有金银，为什么都叫你活财神？"

沈万三说："那是旁人那么叫我的，我不是活财神。"

皇帝发了火，说："一定是你妖言惑众，你是妖人！"

于是吩咐武士说："把这个妖人拉下去，给我狠狠地打！"武士把沈万三拉到殿下，推倒了就打。

刚一挨打的时候，沈万三嘴里还嚷："我不是妖人呀！别打了。"

武士说："只要你说出来哪里埋着金银，就不打你了。"沈万三喊着说："我不知道！""不知道就打。"直打得沈万三皮开肉绽，鲜血直流。这时候，沈万三喊了一句："别打了，我知道哪儿有银子。"武士住了手，回禀皇上。皇上说："带他挖去，挖不出银子来，再打！"沈万三带着官兵，走到一块空地上，往下一指，说："你们就在这儿挖吧。"果然，挖出十窖银子来。据说，这十窖银子，一窖是四十八万两，总共四百八十万两。北京城就是用这笔银子修起来的。

这笔银子挖出后，放银子的地方就成了大坑，后来大坑里有了水，人们就叫它"十窖海"。北京人说话快，这"窖"字就跟"刹"字差不多。时间久了，"十窖海"以后慢慢就叫成"什刹海"了。